KB206667

Gandhi

Radical Wisdom for a Changing World

간디

초판인쇄 2015. 5. 15
초판발행 2015. 5. 20
지은이 마하트마 간디 | 엮은이 앨런 제이콥스 | 옮긴이 조계화
펴낸이 김광우 | 편집 문혜영 | 디자인 박정실 | 영업 권순민 박장희
펴낸곳 知와 사랑 | 주소 경기도 고양시 일산 동구 중앙로 1275번길 38-10. 1504호
전화 (02)335-2964 | 팩스 (031)901-2965 | 홈페이지 www.jiwasarang.co.kr
등록번호 제2011-000074호 | 등록일 1999. 1. 23
인쇄 동화인쇄

이 도서의 국립중앙도서관 출판시도서목록(CIP)은 서지정보유통지원시스템
홈페이지(http://seoji.nl.go.kr)와 국가자료공동목록시스템(http://www.nl.go.kr/kolisnet)
에서 이용하실 수 있습니다.(CIP제어번호: CIP 2015012191)

ISBN 978-89-89007-77-7 (04800)
ISBN 978-89-89007-60-9 (세트)
값 12,000원

지혜의 씨앗 2

변화하는 세상을 위한 지혜

간디

Mahatma gandhi

마하트마 간디 지음 · 앨런 제이콥스 엮음 · 조계화 옮김

知와 사랑

간디_ 변화하는 세상을 위한 지혜

차례

머리말

"침묵을 통해 영혼은 더욱 밝은 빛 속에서 길을 찾으며 모호하고 기만적인 것은 결국 분명히 밝혀진다. 우리 인생은 길고도 힘든 진리 탐구의 과정이다."

- 마하트마 간디

　　간디(1869-1948)는 인류 역사상 가장 훌륭한 인물로 평가받는 위대한 영혼이다. 이번 책은 간디 자서전과 간디가 남긴 말과 글을 모아놓은 전집 일부를 발췌하여 그의 삶과 투쟁, 정신세계를 다시 들여다보았다. 필자는 간디가 암살당하기 전에 인생에서 무엇을 인내하고 무엇을 성취했는지 보여줄 수 있는 편지와 연설문, 기고문, 인터뷰 내용을 선정하기 위해 노력했다.

　　여기에 발췌된 글은 남아프리카에서 식민지인으로 착취당하는 인도인을 위해 싸우는 시기부터 연대순으로 정리되어 있다. 남아프리카에서의 투쟁은 간디가 위대한 영혼으로 성장할 수 있는 발판이 되었다. 이후 그는 인도로 돌아와 오랫동안 대영제국의 지배를 받는 조국의 자유와 해방을 위해 평생을 바칠 것을 결심한다.

그는 힌두교의 숭고한 종교적 유산으로부터 얻은 정신적 가치에 영감을 받아 비폭력, 확고한 믿음, 엄격한 규율, 그리고 혼자만의 투쟁이라는 혁신적인 방법으로 정치적 목표를 달성했다.

3부는 간디의 도덕관과 정신세계를 잘 보여주는 그의 명언으로 이루어져 있다. 인도가 독립한 후 간디는 종교적인 생활을 통해 전 인도인의 모범이 되었다. 인도 국민은 아버지를 뜻하는 '바푸'라는 호칭으로 간디에 대한 애정을 표했으며, 우리는 흔히 '위대한 영혼'을 뜻하는 '마하트마'라는 호칭으로 간디에게 존경을 표하고 있다. 이 책을 통해 독자들이 마하트마 간디의 인생과 투쟁에 한 걸음 다가갈 수 있기를 바란다.

앨런 제이콥스
영국 라마나 마하리쉬 재단 회장
2011년 런던

Mahatma gandhi

PART 1
전기

자서전으로부터

1

나의 가족

우리 집안

우리 집안은 평민 계급에 속하는 바이샤 출신이다. 구자라트어로 식료품 장수를 뜻하는 간디라는 성으로 보아 선대에는 식료품 파는 일을 했던 것 같다. 하지만 조부 대에 이르러서는 카티아와르 지방의 여러 주의 재상을 역임하였다. 할아버지 우탐찬드 간디는 일명 오타 간디로 불렸는데, 무척이나 강직한 분이다. 조부의 강직한 성품을 보여주는 일화가 하나 있다. 할아버지께서는 원래 포르반다르 지역의 재상을 지냈으나 정치적 모략에 빠져 주나가드로 피신한 적이 있다. 그때 그곳을 다스리던 관료를 만날 기회가 있었는데 조부께서 불결한 일을 할 때 사용하는 왼손으로 경례했다고 한다. 너무나도 무례한 이 태도에 깜짝 놀란 누군가가 그 연유를 묻자 할아버지는 "내 오른손은 이미 포르반다르에 바쳤다"라고 대답했다고 한다.

할아버지는 평생 두 번 결혼했다. 처음 아내와는 아들 넷을 두었지만 사별했고, 이후 재혼하여 아들 둘을 더 두었다. 하지만 어렸을 때 내 기억으로는 가족 간에 사이가 좋아서 배다른 형제지간이라는 인상은 전혀 받지 못했던 것 같다. 여섯 형제 중 다섯째인 카람찬드와 여섯째 툴시다스는 포르반다르에서 차례로 재상을 지냈는데 다섯째가 바로 우리 아버지다. 아버지는 일명 카바 간디라고 불렸으며, 라자스타니크의 일원으로도 활동했다. 라자스타니크는 지금은 없어졌지만 당시에는 촌장과 그 아래 일족 사이에 분쟁이 발생했을 때 이를 중재해주는 중요한 기관이었다. 아버지는 라지코트에서 재상으로 일했고 후에 반카너에서도 재상으로 있었으며, 노년에는 라지코트에서 연금을 받았다.

나의 아버지

아버지는 어머니와 결혼하기 전에 세 번 결혼했는데, 세 번 모두 아내와 사별했다. 두 번의 결혼에서 딸 둘을 얻었고, 우리 어머니 푸틀리바이와는 딸 하나와 아들 셋을 두었다. 나는 그중의 막내아들이었다.

아버지는 가문과 집안을 중요하게 여기는 분으로 용감하며 성실하고 관대했지만, 성격이 급한 편이었다. 마흔이 넘어 네 번째 결혼까지 한 것을 보면 여색도 제법 밝힌 것이 아닌가 하는 생각이 든다. 하지만 문중과 사회에서 청렴하고 공정한 인물이라는 평가를 받았으며, 특히 국가에 대한 충성심이 강했다. 한번은 영국 부주재관이 라지코트 지역 왕족에게 모욕적인 말을 던진 적이 있었다. 아버지는 당신이 모시던 왕족이 모욕을 당하자 그 영국인에게 강력하게 항의했다. 영국인 부주재관은 그런 아버지에게 오히려 화를 내면서 사과를 요구했고, 뜻대로 사과를 받아내지 못하자 아버지를 유치장에 가두었다. 하지만 아버지는 유치장에서도 전혀 뜻을 굽히지 않았고, 부주재관은 결국 몇 시간도 안 되어 아버지를 풀어주었다.

또 아버지는 자식들에게 변변한 재산 한 푼 남겨주지 못할 정도로 물욕 없이 청렴하게 생활했다.

교육을 제대로 받지 못했던 그는 구자라티 교본 제5권을 간신히 읽는 정도였고, 특히 역사나 지리에는 문외한이었다. 그 대신 인생 경험이나 실무 경험이 풍부해서 복잡한 문제들을 능숙하게 해결했고 수백 명을 관리해야 하는 요직도 무리 없이 수행했다. 또 종교적 수행을 받은 것은 아니지만 사원에 자주 찾아갔고 종교 담론도 경청했다. 특히 말년에는 집안과 친분이 있던 브라만 승려의 가르침에 따라 힌두교 경전 『기타』를 읽었으며 매일 예배 시간에 몇 구절씩 소리 내어 읊으시기도 했다.

나의 어머니

내 기억 속의 어머니는 언제나 성스럽고 신앙심이 깊은 분이었다. 식사 전에는 항상 기도를 했고, 비슈누 신을 섬기는 사원인 하벨리에 매일 갔다. 넉 달 동안 침묵, 금식, 특정 음식을 먹지 않는 반금식 등을 통해 속죄를 비는 차투르마스에 한 번도 빠지지 않았으며, 언제나 흔들림 없이 이를 지켰다. 어머니는 몸이 아파도 게으름을 부리지 않았다. 실제로 찬드라야나 기간에 병이 났음에도 금식을 중단하지 않았다. 두세 끼 금식은 예사였고 찬드라야나 기간에는 하루에 한 끼만 드셨다. 이것도 부족하다고 생각했는지 이틀에 한 끼만 드신 적도 있다. 한 번은 해를 보기 전까지는 어떤 음식도 드시지 않겠다고 해서 어린 우리가 이제나저제나 해가 나오기를 기다리며 하늘만 바라본 적도 있다. 한창 우기일 때는 해가 잘 뜨지 않아서 잠깐이라도 해가 비치면 어머니에게 뛰어가 알리곤 했다. 그러면 어머니도 해를 보려고 밖으로 나오는데, 그새를 못 참고 해가 숨어버려 식사를 못 할 때도 있었다. 그래도 어머니는 밝은 목소리로 "괜찮단다. 오늘은 신께서 식사를 허락하지 않으실 모양이다"라고 말씀하시고 금식을 계속했다.

어머니는 매우 양식 있는 분이었다. 나라의 대소사를 잘 알고 있었으며, 궁의 부인들도 어머니를 지성이 뛰어난 분이라고 평가했다. 나는 가끔 어린아이의 특권으로 모임에 따라가서 어머니가 타코레 사헤브의 홀어머니와 얼씨게 토론하는 모습을 자주 보았다.

어린 시절

나는 이러한 부모님 사이에서 1869년 10월 2일에 태어났다. 태어난 곳은 일명 수다마푸리라고도 불리는 포르반다르 지방으로, 그곳에서 어린 시절을 보내고 학교도 다녔던 것으로 기억한다. 당시 나는 구구단을 잘 외우지 못하는 학생이었다. 친구들이나 선생님의 이름을 잘 기억하지 못하는 것을 보면, 머리가 좋았거나 기억력이 뛰어나지도 않았던 것 같다.

일곱 살 때, 아버지가 라자스타니크 궁에서 일하게 되면서 식구들이 모두 포르반다르에서 라지코트로 이사했다. 그리고 라지코트에서 초등학교에 들어갔는데, 이때는 선생님 이름까지도 잘 기억하고 있다. 나는 포르반다르에서처럼 여기에서도 평범한 학생이었다. 초등학교를 마치고 도시 근교의 학교를 거쳐 남보다 조금 늦은 열두 살의 나이에 중등학교에 들어갔다. 나는 이 시기에 선생님이나 친구들에게 거짓말을 한 기억이 없다. 수줍음이 많아 친구들과 잘 어울리지 못했기 때문에 책과 공부만이 내 유일한 친구였다. 방과 후에는 누가 말을 걸거나 놀릴까 봐 곧장 집으로 달려오곤 했다.

커닝 기술

중등학교 1학년 시험 시간에 기억에 남을 만한 일이 있었다. 당시 감사차 학교에 왔던 교육 감사관 길스 씨가 단어 다섯 개를 가지고 학생들에게 받아쓰기를 시켰다. 그중 한 단어가 '솥'이었는데 내가 틀리게 적었다. 옆에서 담임선생님이 신발 끝으로

툭툭 치며 알려주려고 했지만, 전혀 눈치를 채지 못했다. 나는 학생들이 커닝하지 못하도록 선생님이 옆에서 지키는 것이라고 생각했기 때문에 옆 학생의 답을 베끼기를 바랐을 것이라고는 전혀 생각하지 못했다. 나중에 보니 답을 틀리게 쓴 학생은 나밖에 없었다. 나만 둔했던 것이다. 선생님은 이런 나의 성격을 고쳐보려고 애썼지만 효과는 없었다. 나는 끝까지 커닝의 기술을 배우지 못했다.

그렇다고 이 사건으로 담임선생님에 대한 존경심이 사라진 것은 아니다. 어려서부터 어른 말씀을 잘 듣고 의심하지 말라고 배웠고 천성적으로도 윗사람에게 맹목적인 경향이 있어서 나중에 선생님의 다른 문제점을 알게 되고 나서도 선생님에 대한 존경심은 변하지 않았다.

슈라바나의 감동

같은 시기에 있었던 일 중에 기억나는 것이 하나 더 있다. 나는 교과서 외에는 책을 거의 읽지 않았다. 선생님을 속이는 것만큼이나 야단을 맞는 것도 싫어서 수업에는 빠지지 않았지만 열심히 듣지 않을 때가 많았다. 학교 공부도 열심히 하지 않는데 다른 책을 읽을 리는 만무했다. 그런데 어느 날 아버지의 책에 눈길이 갔다. 슈라바나의 효심을 그린 희곡 『슈라바나 피트리바

크티 나타카』였다. 때마침 슈라바나의 이야기를 그린 그림 순
회 전시회가 마을에서 열렸다. 슈라바나가 앞이 보이지 않는
부모를 업고 순례를 떠나는 그림이 특히 기억에 남았다. 그때
읽고 보았던 책과 그림은 내 마음에 지워지지 않는 깊은 인상
을 남겼다. 나는 이런 효심을 본받아야겠다고 생각했다. 슈라바
나의 죽음을 애통해하는 부모의 곡소리가 아직도 생생하게 들
리는 듯하다. 나는 그 애달픈 선율에 감동하여 아버지가 사준
콘서티나[아코디언과 비슷하나 건반 대신 버튼이 달린 악기]로 자주 연주
했다.

하리시찬드라

그 당시 아버지가 한 극단의 연극을 볼 수 있게 허락해주셨는
데, 그때 본 「하리시찬드라」도 매우 감동적이었다. 이 연극은
몇 번을 봐도 질리지가 않았다. 그러나 공연장에 가는 것을 여
러 번 허락받을 수는 없는 노릇이었다. 어쨌든 연극에 완전히
사로잡힌 나는 하리시찬드라 역을 수없이 연기해보기도 했다.
그리고 종일 '왜 모든 사람이 하리시찬드라처럼 진실하지 않은
것일까?'라고 자문했다. 하리시찬드라처럼 진실을 따르고, 그가
겪은 시련을 나도 겪어야 한다고 생각했다. 나는 하리시찬드라
이야기를 그대로 믿었고, 그 이야기를 생각하면서 자주 눈물을

흘렸다. 물론 지금은 그가 실존 인물이 아니라는 것을 안다. 하지만 나에게 하리시찬드라와 슈라바나는 아직도 살아 있는 실체이고, 지금 다시 이들에 관한 희곡을 읽어도 그때처럼 감동할 것이다.

열세 살에 한 결혼

사실 이번 장은 가능하다면 쓰지 않고 숨기고 싶은 이야기다. 하지만 자서전을 쓰다 보면 이처럼 아픈 기억을 건드려야 하는 경우가 앞으로도 많을 것이고, 언제나 진실하기로 맹세한 이상 아무리 수치스러운 이야기라도 숨길 수는 없다. 밝히기 부끄럽지만 나는 열세 살에 결혼했다. 지금 내가 돌보는 아이들 중에 그 나이 또래를 보면, 어린 나이에 결혼해야 했던 내가 가엾다는 생각이 드는 동시에 이 아이들이 나와 같은 운명에 처하지 않은 것에 대한 감사의 마음이 든다. 이 세상의 어떠한 도덕적 증명으로도 조혼을 합리화하지는 못할 것이다.

약혼

혼동하지 말아야 할 점은 내가 약혼이 아니라 결혼을 했다는 것이다. 카티아와르에서 약혼과 결혼은 매우 다른 의식이다. 약혼은 소년과 소녀의 부모가 둘을 결혼시키자고 약속한 것에 불과하므로, 언제든 깨질 수 있고 소년이 죽는다고 해서 소녀가 과부가 되지는 않는다. 아이들과는 무관하게 이루어진 부모님 끼리의 약속일뿐이다. 아이들에게 약혼 사실을 알리지 않는 경우도 흔하다. 나도 정확히는 모르지만 약혼한 소녀들이 차례로 죽는 바람에 세 번 정도 약혼한 것 같다. 세 번째 약혼은 일곱 살 때였던 것으로 기억하는데, 부모님은 약혼에 관해서 전혀 말씀해주지 않으셨던 것 같다. 그럼 이제 정확하게 기억나는 결혼에 대해서 이야기하겠다.

형제들

우리 집은 형제가 셋이다. 부모님은 이미 결혼한 큰형을 제외하고 나보다 나이가 두세 살 많은 둘째 형과 사촌 형, 그리고 나를 동시에 결혼시키기로 했다. 여기에 당사자인 우리의 행복이나 바람은 전혀 반영되지 않았다. 오직 어른들의 형편과 경제력만이 중요했다.

힌두교의 결혼

힌두교도에게 결혼은 간단한 일이 아니다. 자녀를 결혼시키려다 파산하는 부모가 있을 정도로 많은 돈과 시간이 쓰인다. 예복과 장신구를 맞추고 식사 예산을 짜는 데만 몇 달이 걸린다. 양가는 서로 지지 않기 위해 상대보다 다양하고 많은 코스를 준비하려고 한다. 여자들은 목소리가 좋든 안 좋든 상관없이 목이 쉬도록, 때로는 몸살이 날 정도로 노래를 불러 동네를 시끄럽게 한다. 하지만 이웃들은 자신도 언젠가 결혼식을 올릴 것이기 때문에 결혼식 잔치에서 발생하는 온갖 소음과 쓰레기를 조용히 참는다.

육체의 정욕

나는 부모님께 충실했지만 그에 못지않게 육체의 정욕에도 충실했다. 그때는 부모님을 모시려면 모든 행복과 쾌락을 희생해야 한다는 것을 알지 못했다. 그러던 중 정욕에 충실하던 나의 생활에 오점이 될만한 사건이 일어났는데, 지금 생각해도 마음이 불편해지는 그 이야기는 나중에 다시 하겠다. 니시쿨라난드는 "욕망의 대상만 버리고 욕망 자체를 버리지 않는다면 아무리 열심히 노력해도 부질없다"라고 노래했다. 이 노래를 부르거나 들을 때면 그때의 아픈 기억이 떠올라 수치스러운 마음을 감출 수가 없다.

세 쌍의 합동 결혼 계획

어른들은 이 번거로운 일을 한 번에 치르는 것이 좋다고 생각했다. 결혼을 세 번이 아니라 한 번만 준비하면 되기 때문에 더 적은 비용으로 더 화려한 결혼식을 올릴 수 있기 때문이다. 아버지와 삼촌은 모두 연세가 많았고, 또 자녀 중에 우리가 마지막으로 결혼하는 것이어서 남은 생에 가장 좋은 기억을 남기고 싶었던 것 같다. 그래서 셋을 동시에 결혼시키기로 하고, 이후 몇 달에 걸쳐 결혼식을 준비했다.

성욕

장차 다가올 일들을 우리가 알아챈 것은 결혼식 준비 과정을 통해서다. 당시 내게 결혼식이란, 좋은 옷을 입고 북을 두드리고 맛있는 음식을 먹고 처음 보는 소녀와 노는 것 정도에 불과했다. 성욕은 그 이후에나 알게 되었다. 수치스러운 나의 성욕에 관해서는 몇 가지만 언급하고 끝내려고 한다. 비록 이번 자서전의 중심 사상과 별로 관계는 없지만, 뒷부분에서 그 이야기들을 자세히 밝히겠다.

몸에 강황을 바르다

어른들은 결혼식을 위해 형과 나를 라지코트에서 포르반다르로 데려왔다. 결혼식을 올리기 전에 온몸에 강황을 바르는 등 몇 가지 재미있는 준비 과정이 있지만 여기서는 일일이 언급하지 않겠다.

아버지의 사고

아버지는 재상이라는 직책에 있었지만 실제로는 거의 하인에 가까웠다. 특히 타코레 사헤브의 총애를 받아서 더욱 그런 것도 있었다. 그는 아버지를 마지막 순간까지 붙잡고 있다가 마침내 특별 마차를 내주면서 이틀 만에 포르반다르까지 갈 것을 명했다. 하지만 라지코트에서 포르반다르까지의 거리는 약 200킬로미터로, 마차로는 보통 닷새가 걸렸다. 아버지는 이 거리를 사흘 만에 왔는데 이때 너무 무리를 했는지, 결국 마지막 날 마차가 전복되어 심각한 부상을 당하고 온몸에 붕대를 감은 모습으로 나타났다. 아버지의 사고로 마음이 아팠지만 결혼식은 그대로 진행되었다. 결혼식 날짜를 어떻게 변경할 수 있겠는가? 나는 어린애였기 때문에 결혼식의 즐거움과 재미에 빠져 아버지의 부상으로 인한 슬픔은 곧 잊어버렸다.

결혼 생활 안내서

내가 결혼할 당시에는 부부애, 절약, 자녀 결혼 등 결혼 생활을 다룬 작은 안내서 같은 것이 있었다. 정확한 금액은 기억나지 않지만, 1파이세[인도의 구화폐, 1/100루피]나 1파이[1/3파이세] 정도였던 것 같다. 나는 이 책을 처음부터 끝까지 읽으면서, 마음에 안 드는 부분은 무시하고 마음에 드는 내용만 따랐다. 특히 아내에게 평생 정절을 지켜야 한다는 말을 마음속 깊이 새겼다. 천성적으로 진실을 추구하기 때문에 아내에게 거짓말하려는 생각조차 하지 않았지만, 사실 그 어린 나이에 어디 가서 부정을 저지르겠는가?

정절

하지만 부부간의 정절이 부작용을 낳기도 했다. 나는 내가 아내에게 정절을 지키기로 맹세하면 아내도 나에게 정절을 지키기로 맹세해야 한다고 생각했다. 그리고 이러한 생각은 나를 질투심 많은 남편으로 만들었다. 아내의 정절을 강요하는 것이 곧 나의 권리라고 여기면서 권리를 철저히 지켜야 한다고 생각했다. 아내의 정절을 의심할 이유는 어디에도 없었지만, 질투에는 이유가 없었다. 나는 아내가 어디서 무엇을 하는지 항상 봐야 했기 때문에 내 허락 없이는 나갈 수 없게 했고, 결국 이것이 부부싸움의 발단이 되었다. 구속은 사실 일종의 감금이나 다름없었다. 그러나 내 아내 카스투르바이는 가만히 참고 있을 여자가 아니었다. 언제나 마음대로 돌아다녔고, 구속하면 할수록 오히려 더 반항하면서 나를 화나게 했다. 그래서 서로 말을 하지 않는 것이 우리 부부의 일상이 되어버렸다. 나의 구속에 아내가 반항했던 것은 너무나도 당연했다. 어떻게 정직한 소녀가 마음대로 사원에도 못 가고 친구들도 만나지 못하는 감금 생활을 견디겠는가? 내게 아내를 구속할 권리가 있다면 아내도 나를 구속할 권리가 있지 않겠는가? 지금이야 그렇지 않지만, 당시 나는 그저 자기 권리만 내세우는 한심한 남편이었다.

사랑에 기반을 둔 구속
그렇다고 우리의 결혼 생활이 항상 비참했던 것은 아니다. 나의 엄격한 구속에는 사랑이 있었다. 나는 이상적인 아내를 바랐다. 아내가 순결한 삶을 살고, 나와 같은 것을 배우고, 같은 것을 생각하기를 바란 것이다.

나의 아내 카스투르바이
카스투르바이에게 그런 욕심이 있었는지는 모르겠지만 그녀는 글을 몰랐다. 천성적으로 단순하고, 자립심과 인내심이 강했으며, 적어도 내 옆에서는 말수가 적었다. 아내가 무지에서 벗어나려고 한다거나 내가 공부하는 것을 보고 자극을 받거나 하지는 않았던 것 같다. 그러니 그것은 그저 나의 일방적인 바람일 뿐이었다. 나는 한 여성에게 모든 열정을 바쳤고, 그에 보답받기를 바랐다. 비록 주고받는 사랑은 아니었다고 할지라도, 적어도 한쪽의 적극적인 사랑이 있었기 때문에 결혼 생활이 항상 비참했던 것은 아니었다.

아내를 향한 열정

나는 아내를 열정적으로 좋아했다. 학교에서도 아내를 생각하고, 아내를 만날 수 있는 밤이 어서 오기만을 기다렸다. 아내와 떨어져 있는 것이 너무 힘들었다. 나는 쓸데없는 잡담으로 밤늦게까지 아내를 놓아주지 않았다. 만약 의무감 없이 열정만 가득했다면 나는 일찍 죽었거나 누군가에게 짐스러운 존재가 되었을 것이다. 하지만 다행히 나에게는 매일 아침 해야 할 일이 있었고, 일을 하지 않고서 했다고 거짓말하는 것은 생각조차 할 수 없었다. 이 의무감이야말로 수많은 함정에서 나를 구해준 마지막 밧줄이었다.

아내 가르치기

이미 말했듯이 아내는 글을 몰랐다. 아내에게 글을 가르치고 싶었지만 정욕에 빠져 그럴 시간을 내지 못했다. 게다가 아내는 배우려는 의지가 딱히 없었다. 당시에는 부녀자를 남의 눈에 띄지 않게 하는 푸르다Purdah 제도를 따르고 있었기 때문에 어른들 앞에서는 감히 아내를 보거나 말을 건네는 것도 어려웠고 그나마 밤에나 겨우 가르칠 수 있었다. 사실 푸르다는 전혀 쓸모가 없고 잔혹하기까지 한 관습인데, 지금까지도 아내는 이를 어느 정도 지키고 있다. 사정이 이러하였으므로 젊은 날 카스투르바이를 가르치려던 노력은 모두 수포로 돌아갔다. 그리고 내가 정욕에서 깨어났을 때는 이미 사회생활을 시작한 후여서 시간적 여유가 거의 없었다. 개인 교사를 두고 가르치려던 계획도 제대로 되지 않았다. 그래서 카스투르바이는 지금도 간단한 편지나 겨우 쓰고 쉬운 구자라트어를 이해할 수 있는 정도이다. 아내에 대한 나의 사랑이 정욕으로 더럽혀지지 않았더라면 아내가 아무리 공부를 싫어했더라도 지금쯤이면 교양 있는 여성으로 성장할 수 있었을 것이다. 순수한 사랑에는 불가능이 없기 때문이다.

순수한 이를 구원하시는 신

앞에서 내가 정욕이라는 늪에 빠져 폐인이 되지 않도록 도와준 상황을 하나 설명했는데 여기서 한 가지를 더 밝힌다. 나는 신이 동기가 순수한 이를 구해주시는 모습을 매우 많이 보았다. 힌두교 사회에는 조혼의 폐해를 줄일 수 있는 풍습이 하나 있는데, 바로 어린 부부가 오랫동안 함께 있지 못하도록 하는 것이다. 어린 부인은 세월의 반 이상을 친정에서 보내야 했고, 우리 부부도 마찬가지였다. 결혼하고 처음 5년, 열세 살에 결혼했으니 열여덟 살 때까지 우리가 함께 한 기간은 3년이 채 안 되었다. 함께 산 지 반년도 안 되어 아내는 친정으로 돌아가야 했다. 그때는 정말 싫었지만, 이는 우리에게 일종의 구원이 되어주었다. 열여덟 살 때는 내가 영국으로 유학을 떠나게 되는 바람에 우리 부부는 오랫동안 떨어져 살아야 했다. 영국에서 돌아온 후에도 내가 라지코트와 봄베이[현재의 뭄바이]를 바쁘게 왕래하느라 아내와 반년 이상을 함께 살지 못했다. 이후 남아프리카로 가게 되었을 때는 이미 정욕에서 상당히 벗어난 상태였다.

중등학교에서

결혼 후에도 나는 공부를 계속했다. 중등학교에 들어가서는 열등생에서 벗어나 항상 선생님께 칭찬을 받았다. 또 매년 집으로 보내는 통지표에서도 나쁜 점수를 받아본 적이 없다. 2학년 때는 상도 탔고, 5~6학년 때는 각각 4루피와 10루피의 장학금도 받았다. 사실 장학금은 전교생이 아니라 카티아와르의 소라드 지방 출신 학생만을 대상으로 한 것이었다. 당시 한 반의 학생 수는 40~50명이었지만 그중에 소라드 지방 출신은 많지 않았다. 내가 장학금을 탄 것은 성적보다는 운이 좋았기 때문이라고 할 수 있다.

체벌

열등생에서 벗어났다고 해도 공부를 열심히 한 것은 아니어서 나는 상이나 장학금을 받을 때마다 놀랐다. 하지만 품행에 관해서는 매우 조심을 했다. 사소한 잘못에도 눈물을 흘렸고, 선생님께 꾸중을 들으면 견딜 수가 없었다. 1학년인가 2학년 때 체벌을 받은 적이 있는데, 체벌 자체보다는 체벌을 받았다는 사실이 부끄러워 많이 울었던 기억이 난다. 7학년 때도 비슷한 일이 있었다. 당시 교장이던 도랍지 에둘지 기미 선생님은 엄하지만 성실하고 좋은 선생님이어서 학생들 사이에서 인기가 높았다. 선생님은 체조와 크리켓을 상급생 필수 과목으로 정했는데 모두 내가 싫어하는 과목이었다. 나는 필수 과목이 되기 전부터 크리켓이든 축구든 운동 경기에는 전혀 참여하지 않았다. 수줍음이 많은 성격 때문이기도 하지만, 무엇보다 체육은 공부가 아니라고 생각했기 때문이다. 물론 지금은 체육도 지육(智育)만큼이나 중요하다는 것을 잘 알고 있다.

운동

그렇다고 운동을 전혀 안 한 것은 아니었다. 맑은 공기를 마시면서 장시간 걷는 것이 좋다는 책을 읽고 산책하는 습관을 길렀기 때문이다. 이 습관은 지금까지도 이어지고 있다. 산책 덕분에 내 몸은 비교적 건강한 편이었다.

체육 시간에

체육 시간을 좋아하지 않았던 또 다른 이유는 아버지를 간호해드리고 싶은 바람 때문이었다. 당시 나는 학교가 끝나면 집으로 곧장 돌아가 아버지를 간호했다. 그런데 체육이 필수 과목이 되고 나서는 바로 집으로 돌아가 아버지를 간호해드리기가 어려워졌다. 나는 기미 선생님에게 아버지를 간호해드려야 하니 체육 시간에 빠질 수 있게 해달라고 부탁했다. 하지만 선생님은 허락하지 않았다. 그러던 어느 토요일, 사건이 터지고 말았다. 그날은 오전 수업을 마치고 집에 갔다가 오후 4시에 체육 수업을 하러 학교로 돌아와야만 했다. 하지만 시계도 없고 마침 날도 흐려서 시간을 잘못 계산하고 말았다. 내가 학교에 도착했을 땐 이미 수업이 다 끝나 있었다. 다음날 선생님이 출석부를 보시다가 내가 전날 체육 시간에 빠진 것을 보고 이유를 물으셨다. 나는 사실대로 말했지만, 선생님은 내 말을 믿지 않았다. 정확한 액수는 기억나지 않지만 1~2아나[인도 구화폐, 1/16루피] 정도의 벌금을 물게 했다.

거짓말쟁이가 되다

결국 내가 거짓말을 한 셈이 되었다. 거짓말쟁이로 오해받는 것이 억울해서 어떻게 결백을 증명할지 계속 고민했지만, 마땅한 방법이 떠오르지 않아 서럽게 울기만 했다. 진실을 인정받으려면 행동을 조심해야 한다는 것을 깨달은 순간이었다. 이때가 학창 시절에 경솔한 행동으로 억울해했던 처음이자 마지막이었다. 어렴풋이 기억하기로 결국 벌금은 물지 않은 것 같다. 그리고 아버지가 교장 선생님께 편지를 써서 이후로는 체육 시간에 빠질 수 있게 되었다.

악필

그때 체육 수업을 받지 않았다고 해서 지금 크게 불편한 것은 없다. 하지만 학창 시절에 제대로 배워놓지 않아 지금까지 후회되는 것이 하나 있다. 왜 그랬는지는 모르겠지만, 학창 시절에 나는 글씨를 잘 써야 한다는 생각을 전혀 하지 않았고 영국에 유학을 가서도 그 생각에는 변함이 없었다. 이후 남아프리카 출신 변호사와 젊은이들이 얼마나 글씨를 예쁘게 잘 쓰는지 보고 내 글씨체가 부끄러워졌다. 글씨를 잘 쓰지 못하는 사람은 교육을 못 받은 것처럼 보인다는 것을 그때 알았다. 하지만 때늦은 후회였다. 이후 글씨체를 고치려고 여러 방면으로 노력해봤지만, 한번 길든 글씨체는 절대 고쳐지지 않았다. 그래서 나의 경우를 반면교사로 삼아 학창 시절의 글씨체 교육이 얼마나 중요한지 알기를 바란다. 나는 아이들이 글쓰기를 배우기 이전에 그림 그리기를 먼저 배워야 한다고 생각한다. 꽃과 새를 자세히 관찰하고 그림을 그리듯이 글씨를 자세히 관찰한 다음에 글씨를 쓰게 하자. 글씨를 관찰하고 연습하다 보면 어느샌가 예쁜 글씨를 쓸 수 있게 될 것이다.

학교 수업

그 외에 학창 시절에 기억에 남는 일이 두어 가지 더 있다. 나는 결혼으로 일 년을 쉬었으므로, 선생님이 월반하는 것을 권했다. 월반은 학습 능력이 뛰어난 아이들이나 가능한 것이었다. 어쨌든 나는 선생님의 권유로 3학년을 6개월 정도 다니고, 여름 방학이 되기 전에 시험을 치러 4학년으로 바로 올라가게 되었다. 4학년부터는 대부분의 수업이 영어로 진행되었는데 나에게는 너무 버거웠다. 4학년이 되어 새로 배우게 된 기하학은 그 자체로도 어려웠는데 영어로 수업해서 더 어렵게 느껴졌다. 선생님은 열심히 가르쳤지만 진도를 따라가기가 어려웠다. 2년에 할 공부를 1년 만에 하려고 한 것이 지나친 욕심이었다는 생각이 들면서 3학년으로 다시 내려가야 하는지 진지하게 고민했다. 하지만 이는 나뿐만이 아니라 나를 믿고 월반을 권해주신 선생님에게도 죄송한 일이었다. 그래서 꾹 참고 4학년을 계속 다녔다. 다행히 유클리드를 배우면서부터 기하가 갑자기 쉬워지기 시작했다. 사실 간단한 논리력만을 필요로 하는 과목이 어려울 리 없다. 그 후로 나에게 기하는 쉽고 재미있는 과목이 되었다.

산스크리트어 배우기

반대로 산스크리트어는 배우면 배울수록 어려웠다. 기하는 외울 것이 별로 없지만 산스크리트어는 처음부터 끝까지 모두 외워야 하는 것뿐이었다. 산스크리트어도 4학년부터 배우기 시작했는데 6학년이 되었을 때는 거의 절망스러운 수준이었다. 산스크리트어 선생님은 과제를 많이 내주고 엄격했으며, 페르시아어 선생님과 경쟁의식도 약간 있었다. 반면 페르시아어 선생님은 너그러운 스타일이라 학생들 사이에는 페르시아어가 더 쉽고 선생님도 좋다는 소문이 자자했다. 나도 그 소문에 넘어가 페르시아어를 선택하고 말았다. 이 사실을 알게 된 산스크리트어 선생님이 섭섭했는지 나를 불러서 이렇게 말했다. "네가 비슈누파의 자손임을 잊었니? 자신의 종교 언어를 배워야 하지 않겠어? 공부가 어려웠다면 나를 찾아오지 그랬니. 선생님은 최선을 다해서 산스크리트어를 가르치고 싶단다. 자신감을 잃어서는 안 된다. 산스크리트어 수업에 다시 나오너라."

친절한 선생님

선생님의 말씀을 듣고 나 자신이 부끄러워졌다. 선생님의 친절을 저버리지 않기 위해 다시 산스크리트어 수업을 듣기 시작했다. 지금은 크리슈나샹카르 판디아 선생님에게 감사한 마음뿐이다. 그때 산스크리트어를 조금이나마 배우지 않았다면 우리 경전에 관심을 가지지 못했을 것이다. 사실 나중에야 모든 힌두의 자녀들은 산스크리트어를 배워야 한다는 것을 깨닫고 내가 좀 더 깊고 완전한 산스크리트어를 배우지 못한 것을 후회했다.

인도의 교육 과정

나는 인도의 모든 고등교육 과정에서 각 지방 언어 외에 힌디어, 구자라트어, 산스크리트어, 페르시아어, 아라비아어, 영어를 가르쳐야 한다고 생각한다. 너무 많다고 놀랄 필요는 없다. 우리 교육이 더 체계적으로 된다면, 그리고 해외 언론 매체를 통해 외국어를 배우는 부담에서 벗어난다면, 이 모든 언어를 배우는 일이 성가시지 않고 정말 즐거운 일이 될 것이다. 언어의 특성상 한 가지 언어에 대한 과학적 지식이 있으면 또 다른 언어를 쉽게 배울 수 있다.

인도의 언어

힌디어, 구자라트어, 산스크리트어는 거의 하나의 언어라고 볼 수 있다. 페르시아어와 아라비아어도 마찬가지다. 페르시아어는 아리아인의 언어이고 아라비아어는 셈어족 언어이지만, 이 둘은 이슬람 문화에서 발전했기 때문에 유사한 점이 많다. 우르두어도 문법은 힌디어와 같고 어휘는 페르시아와 아라비아어의 것을 주로 사용하기 때문에 완전히 다른 언어라고 할 수는 없다. 따라서 우르두어를 제대로 배우려면 페르시아어와 아라비아어를 배워야 하고, 구자라트어, 힌디어, 벵골어, 마라티어를 제대로 배우려면 산스크리트어를 배워야 한다.

우정

몇 안 되는 중등학교 친구 중에서 서로 다른 시기에 친해진 친구가 둘 있다. 한 친구는 내가 다른 친구들과 친하게 지낸다는 이유로 사이가 멀어졌고, 또 다른 친구는 오래 알긴 했지만 내 인생의 비극으로 여겨지는 자취를 남겼다. 사실 이 친구와의 우정은 거의 개혁 정신에 기반을 둔 것이었다.

형의 친구

그는 원래 둘째 형의 동급생이자 친구였다. 그에게는 단점도 있었지만 나는 그를 진정한 친구로 생각했다. 어머니와 큰형, 아내가 그의 행실을 지적하며 같이 어울리지 말라고 했다. 하지만 나는 아내의 말을 듣기에는 자존심이 너무 강했고, 어머니와 큰형의 말은 거역할 수 없어 변명을 늘어놓았다. "단점도 있지만 어머니와 형이 모르는 장점도 있어요. 저는 그 친구를 교화하려고 사귀는 것이기 때문에 그 친구가 저를 잘못된 길로 이끌 수는 없어요. 그 친구가 개심하면 훌륭한 사람이 될 거라고 확신하고요. 그러니 너무 걱정하지 마세요." 썩 만족스러운 변명은 아니었지만, 어머니와 형은 그 친구와의 교제를 허락해주었다.

오판

나중에야 내가 잘못 생각했다는 것을 알았다. 개혁자는 개혁하려는 상대와 가까워질 수 없다. 진정한 우정은 같은 영혼 간의 교류로, 이 세상에서는 거의 찾아보기 어렵다. 천성이 비슷해야 가치 있고 변함없는 우정을 키울 수 있다. 친구들은 서로 영향을 주고받는다. 따라서 교화는 우정이 아니다. 사람은 선보다 악에 더 쉽게 빠지므로 배타적 친분 관계는 피하는 것이 좋다. 그리고 신과 친구가 되고 싶다면, 혼자 고독하게 남거나 전 세계를 친구로 삼아야 한다. 내 생각이 그를 수도 있지만, 어쨌든 그 친구와 진정한 우정을 나누려던 나의 노력은 수포로 돌아갔다.

고기를 먹는 선생님

내가 그 친구를 처음 만난 때는 라지코트에 개혁의 물결이 휘몰아치고 있었다. 그는 우리 선생님 중에 몰래 고기를 먹고 와인을 마시는 선생님이 많다고 했다. 또 라지코트의 유명인 중에도 고기와 와인을 즐기는 사람이 많고 그중에는 중등학교 학생들도 있다고 했다.

고기의 위험

나는 놀라고 화가 났다. 많은 사람이 고기를 먹는 이유가 뭔지 묻자 그는 이렇게 답했다. "우리가 약한 이유는 고기를 먹지 않기 때문이야. 영국이 우리를 지배하는 것도 고기를 먹기 때문이고. 내가 얼마나 튼튼하고 잘 달리는지 너도 알지. 다 내가 고기를 먹기 때문이야. 고기를 먹으면 종기나 종양이 생기지 않고, 생겨도 금방 없어져. 고기를 먹는 선생님이나 다른 유명인들이 바보는 아니잖아. 고기의 장점을 알고 있는 거지. 너도 먹어봐. 직접 해보는 것보다 좋은 건 없지. 직접 먹어보면 너도 알게 될 거야."

고기의 유혹

사실 친구가 고기를 권한 것은 이번 한 번이 아니었다. 위의 말은 그가 오랫동안 공들인 논거의 결정판이라 할 수 있다. 이미 육식에 빠진 둘째 형은 나에게 고기를 먹이려는 친구를 거들었다. 그들은 나보다 튼튼하고 힘도 세고 대담했기 때문에 나는 상대적으로 연약해 보였다. 그는 장거리도 엄청 빨리 달리고 높이뛰기와 멀리뛰기도 잘했다. 아무리 심한 체벌이라도 견뎌냈다. 자신에게 부족한 자질을 남에게서 발견하면 현혹되듯이 그 친구의 강한 모습에 현혹되었다. 나도 그 친구처럼 강해지고 싶었다. 나라고 강해지지 못할 이유가 어디 있단 말인가?

겁쟁이

게다가 나는 겁쟁이였다. 도둑, 귀신, 뱀을 무서워했고 밤이 되면 어둠이 무서워서 밖에 나가지도 못했다. 한쪽에서는 도둑이, 다른 쪽에서는 귀신이, 그리고 또 한쪽에서 뱀이 나오는 상상 때문에 어두운 곳에서는 잠을 자지 못했다. 그래서 항상 방에 불을 켜둔 채 잠이 들었다. 하지만 어린아이도 아니고 다 큰 성인이 어떻게 아내에게 귀신이나 뱀을 무서워한다고 밝힐 수 있겠는가? 게다가 아내는 나보다 용감해서 뱀이나 귀신을 무서워하지 않았고 어두운 곳도 잘 다녔기 때문에 더 부끄러운 마음이 들었다. 친구는 이런 나의 약점을 모두 알고 있었다. 자신은 손으로 살아 있는 뱀을 잡고 도둑도 물리칠 수 있으며 귀신은 믿지 않는다고 했다. 그리고 이 모든 것은 고기를 먹는 덕분이라고 덧붙였다.

악시

당시 학생들 사이에는 구자라트의 민중시인 나르마드의 악시(惡詩)가 인기였다.

힘센 저 영국인을 보아라.

힘없는 인도인을 지배한다네.

고기를 먹기 때문에

키가 5큐빗(2.25미터)이나 된다네.

고기를 먹다

이 모든 것이 종합적으로 작용해서 나는 결국 항복하고 말았다. 고기를 먹으면 키가 크고 힘도 세지며, 모든 국민이 고기를 먹는다면 영국을 이길 수 있다는 생각이 내 머릿속에서 점점 커졌다.

실험

그래서 바로 날짜를 잡고 실험을 시작하기로 했다. 우리 집안은 비슈누 교도였기 때문에 실험은 비밀리에 진행되어야만 했다. 특히 부모님은 열렬한 비슈누파 신자로 하벨리를 정기적으로 찾아가셨고, 심지어는 우리 가족을 위한 전용 사원도 있었다. 구자라트에는 자이나교가 많아서 언제 어디서나 그 영향을 느낄 수 있었다. 구자라트의 자이나교와 비슈누파교는 인도의 그 어느 지역에서보다 강력하게 육식을 반대하고 혐오했다. 나는 이런 전통 있는 가문에서 태어나 자랐고 부모님을 지극히 섬겼

기 때문에, 내가 고기를 먹었다는 사실을 부모님이 안다면 충격
으로 돌아가실지도 몰랐다. 또한 나는 진실을 사랑했기 때문에
더욱 조심스럽게 행동했다. 고기를 먹는 것이 부모님을 속이는
것임을 몰랐다고 할 수는 없다. 하지만 나의 마음은 이미 '개혁'
쪽으로 기울어진 상태였다. 맛이 문제가 아니었다. 사실 고기가
특별히 맛있던 것은 아니었다. 나의 바람은 나와 우리 동포들이
강하고 대담해져서 영국을 무찌르고 독립하는 것이었다. 그때
는 스와라지(자치를 뜻하는 힌디어)라는 말을 몰랐지만, 자유가 무
엇인지는 알았다. 나는 '개혁'을 향한 열정에 눈이 멀어 부모님
께 사실을 숨기고 비밀로 한다고 해서 진실에서 벗어나는 것은
아니라고 스스로를 설득했다.

그리고 마침내 그날이 왔다. 당시의 심정을 정확히 설명하
기는 어렵지만, 개혁을 향한 열정과 인생의 중요한 출발선상에
섰다는 떨림, 그리고 이 중대한 일을 도둑처럼 숨어서 한다는
창피함이 절묘하게 공존했다. 어떤 느낌이 더 강했는지는 모르
겠다. 우리는 사람들이 없는 호젓한 강가로 갔다. 그리고 그곳
에서 난생처음 고기를 보았다. 염소고기는 가죽처럼 질겨서 도
저히 먹을 수가 없었고 구운 빵도 있었지만 둘 다 제대로 먹지
못했다. 나는 토할 것 같은 느낌에 더 이상 먹지 못하고 고기를
내려놓았다. 그리고 그날 밤 악몽에 시달렸다. 잠들려고 할 때
마다 뱃속에서 염소가 울어대는 것 같은 느낌에 벌떡 일어나야

했다. 하지만 고기를 먹는 것은 의무라고 스스로를 북돋우고 다시 용기를 냈다.

친구는 쉽게 포기하지 않았다. 그는 고기로 여러 가지 요리를 만들어 차려놓기 시작했다. 이번에는 외떨어진 강가가 아니라 식탁과 의자가 제대로 갖춰진 의사당 식당을 빌렸다. 친구가 그곳에서 일하는 요리사에게 부탁해 마련한 자리였다.

친구의 작전이 성공하다

친구의 미끼가 효과를 발휘했다. 나중에는 싫어하던 빵도 극복하고, 염소에 대한 동정심도 잊어가면서 고기 그 자체는 아니라도 고기 요리는 즐길 수 있게 되었다. 이렇게 일 년쯤 고기를 먹었다.

하지만 의사당을 매일 사용할 수 있는 것도 아니고 비싼 고기 요리를 자주 할 수 있는 것도 아니어서 이렇게 고기 잔치를 벌인 것은 고작 대여섯 번에 불과했다. 나는 이 '개혁'에 지불할 돈이 없었으므로 언제나 친구가 내 몫까지 준비했다. 그가 어떻게 돈을 마련했는지는 모르겠지만, 그는 나에게 고기를 먹이려고 작정했기 때문에 어떻게든 돈을 마련해왔다. 다만, 그에게도 한계가 있어서 이런 잔치를 자주 벌일 수는 없었다.

비밀 잔치

비밀 잔치를 벌이는 날에는 집에서 저녁을 먹을 수 없었다. 당연히 어머니는 왜 밥을 먹지 않느냐고 물었고, 그때마다 "입맛이 없어요. 속이 안 좋은 것 같아요"라고 변명할 수밖에 없었다. 이렇게 핑계를 대면서 양심의 가책을 받지 않은 것은 아니다. 내가 거짓말을, 그것도 어머니에게 거짓말을 한다는 것은 알고 있었다. 그리고 내가 고기를 먹는 것을 부모님이 알게 된다면 큰 충격을 받으실 것도 알았다. 이런 생각들로 마음이 너무 괴로웠다. 그래서 결국에는 '고기를 먹는 것이 중요하고, 인도에 음식 개혁을 이루는 것도 중요하지만, 부모님을 속이고 거짓말을 하는 것은 고기를 먹지 않는 것보다 더 나쁘다. 앞으로 부모님이 살아계신 동안에는 고기를 먹지 않겠다. 부모님이 돌아가시고 거짓말을 할 필요가 없어지면 자유롭게 고기를 먹겠지만 그때까지는 고기를 먹지 않겠다'라고 결심하게 되었다.

고기 먹기를 중단하다

나는 친구에게 이런 결심을 알리고 고기 먹기를 중단한 이후, 다시는 고기를 먹지 않았다. 부모님은 자신들의 두 아들이 고기를 먹었다는 사실을 끝까지 알지 못했다. 부모님에게 거짓말을 할 수 없다는 순수한 마음에 육식을 끊었다고 해서 친구와의 교제마저 끊은 것은 아니었다. 그를 교화하려는 열의는 결국 비참한 결과만 불러왔지만, 그 당시에는 이러한 사실을 전혀 알아차리지 못했다.

사창가를 가다

한번은 그 친구로 인해 아내를 배신할 뻔한 적도 있었다. 어느 날 그가 나를 사창가로 데려가더니 어떻게 해야 하는지 알려주고 안으로 들여보냈다. 돈도 미리 지불하고 사전에 모든 준비를 마쳐놓아서 그야말로 죄의 구렁텅이에 빠지기 일보 직전이었다. 하지만 신은 무한한 자비로 나를 보호해주었다. 악의 소굴에 들어가자 나는 눈이 멀고 말이 나오지 않았다. 침대에 앉았지만 혀는 여전히 굳어 있었다. 여자는 한가한 사람이 아니었고 참다못해 욕을 퍼부으며 나를 내쫓았다. 남자로서 자존심에 상처를 입었고 쥐구멍에라도 숨고 싶었다. 하지만 나중에는 악에서 나를 구해주신 신께 감사드렸다. 지금까지 내 인생에서 이런 일이 네 번 정도 더 있었는데, 대부분 내가 노력해서가 아니라 운이 좋아서 죄를 짓지 않고 빠져나올 수 있었다. 엄격한 도덕적 기준에서 보면 정욕을 품은 것만으로도 행위를 한 것이나 마찬가지지만, 일반적인 기준을 적용하면 육체적 죄를 범하기 전에 구원받았다고 할 수 있다. 살다 보면 자신과 주변 사람들

모두를 위해 도망쳐 나와야 하는 상황이 있다. 당시에는 모르지만 나중에 정신을 차리고 나면 죄에 빠지지 않도록 지켜주신 신의 자비에 감사하게 된다. 우리는 종종 시험에 빠지기도 하고 신의 섭리로 구원을 받기도 한다. 이런 일은 어떻게 일어나는 것일까? 사람은 어디까지 자유롭고 어디까지 환경의 지배를 받는 것일까? 어디까지가 자유의지이고 어디서부터가 운명일까? 이 모두는 풀리지 않는 수수께끼이며 앞으로도 수수께끼로 남아 있을 것이다.

다시 본론으로 돌아가자면 이런 일을 당하고도 나는 그 친구와의 교제가 얼마나 나쁜 것인지 깨닫지 못했다. 상상을 뛰어넘을 정도로 타락한 그의 모습을 보고 실상에 눈 뜨기 전까지 아픔의 쓴 잔을 더 많이 마셔야 했다.

아내와의 관계

같은 시기에 있었던 일을 하나 더 소개하겠다. 그 친구와의 교제는 확실히 우리 부부 관계에 불화의 원인이 되었다. 나는 충실하지만 질투심이 많은 남편이었고, 그는 아내에 대한 나의 의심을 부채질했다. 당시에는 그 친구가 거짓말을 한다고 의심하지 않았지만 지금은 그의 말만 듣고 아내를 힘들게 했던 나 자신을 용서하지 못하고 있다. 그녀가 힌두교도의 아내가 아니었다면 그러한 학대를 참지 않았을 것이다. 여성이야말로 진정한 인내의 화신이다. 하인이 부당하게 의심을 받으면 일을 때려치우면 되고, 자식들은 집을 나가면 되고, 친구는 절교하면 된다. 만일 아내가 남편을 의심한다고 해도 아무 말을 할 수가 없다. 그러나 남편이 아내를 의심한다면 아내의 인생은 끝난 것이나 마찬가지다. 의심받는 아내가 어디로 갈 수 있겠는가? 힌두교에서는 아내가 남편에게 이혼을 청구할 수 없기 때문에 법으로도 구제받을 수 없다. 나는 이런 절망의 구렁텅이로 아내를 밀어 넣은 나 자신을 결코 잊을 수도 용서할 수도 없다.

아힘사와 브라마차리아

나는 불살생, 비폭력을 뜻하는 아힘사를 완전히 이해한 후에야 아내를 의심하는 병을 치료할 수 있었다. 아힘사의 모든 면을 이해하자 신과 가까워지기 위한 자기 억제와 금욕, 즉 브라마차리아의 아름다움이 보였다. 아내는 남편의 종이 아닌 동반자이자 협력자이며 생사고락을 같이 하는 사이로 아내도 남편과 마찬가지로 자유롭게 자신의 길을 선택할 수 있다는 것을 깨달았다. 나는 의심과 불신으로 물들었던 당시를 생각할 때마다 아내를 학대하고 친구를 맹목적으로 믿었던 어리석은 나 자신의 모습에 혐오감이 일고 개탄을 금하지 못한다.

결혼식을 올린 후부터 고기를 먹던 시절까지 내가 저지른 잘못은 여기서 멈추지 않았다.

흡연

나는 친척 한 명과 함께 담배를 피우게 되었다. 담배의 좋은 점을 찾았다거나 담배 향이 좋았다기보다는 단순히 입으로 담배 연기를 내뿜는 모습이 재미있었기 때문이다. 삼촌이 입으로 담배 연기를 내뿜는 모습을 보고 우리도 따라 하고 싶어졌나. 하지만 담배를 살 돈이 없었기 때문에 삼촌이 피우고 버린 꽁초를 몰래 모아서 피워야 했다.

도둑질

하지만 꽁초가 언제나 있는 것은 아니었고 또 꽁초에서는 연기가 많이 나오지도 않았다. 그래서 하인들의 주머니에서 동전을 훔쳐 인도산 담배를 사기 시작했다. 문제는 담배를 어디에 두느냐였다. 당연히 어른들 앞에서는 담배를 피울 수 없었다. 친척과 나는 훔친 동전으로 몇 주 동안 몰래 담배를 사서 피웠다. 그러던 중 줄기를 말아서 담배처럼 피울 수 있는 식물이 있다는 이야기를 듣고 구해다가 피워보았지만 별로 만족스럽지 못했다. 그러자 독립하시 못하고 부모님과 함께 살면서 어른들의 허락 없이는 아무것도 하지 못하는 내 처지가 견딜 수 없이 싫어지기 시작했다. 그래서 순전히 욱하는 마음에 우리는 자살을 하기로 결심했다!

자살 계획

하지만 어떻게 자살할 것인가? 독약은 또 어디서 구할 것인가? 우리는 다투라[흰독말풀] 씨앗이 독성이 강하다는 말을 듣고 정글을 뒤져 다투라 씨를 찾았다. 시간은 저녁때가 적당할 것 같았다. 마침내 저녁이 되자 우리는 케다르지 만디르 사원에 가서 등을 켜기 위한 기름을 채우고 기도를 드렸다. 그리고 인기척이 없는 외진 구석으로 갔다. 하지만 막상 자살하려니 용기가 나지 않았다. 금방 죽지 않으면 어쩌지? 자살하면 뭐가 좋은 거지? 독립하지는 못했지만 조금만 참고 살면 되지 않을까? 이런 생각들을 하면서 씨앗을 두세 개 삼켰지만 더는 삼킬 수 없었다. 결국 우리는 자살을 포기하고 람지 만디르로 돌아가 마음을 다잡고 자살에 대한 생각은 지워버리기로 했다.

나는 이 일을 계기로 자살이 생각만큼 쉽지 않다는 것을 깨달았다. 그 이후로는 누군가가 자살하겠다고 위협을 해도 크게 신경쓰지 않게 되었다. 자살이 실패한 후로 우리는 담배꽁초를

줍거나 하인들의 동전을 훔치는 것도 그만두었다.

금연

그 이후로 나는 담배를 피우지 않았다. 오히려 흡연을 야만적이고 지저분하며 해로운 습관이라고 생각하게 되었다. 솔직히 왜 그렇게 많은 사람이 담배를 피우는지 모르겠다. 특히 열차를 타면 사람들이 객실에서 피워대는 담배 때문에 숨이 막혀서 앉아 있을 수가 없을 지경이다.

또 다른 도둑질

나는 얼마 안 되어 이보다 훨씬 심한 도둑질을 저지르고 말았다. 하인들의 동전을 훔쳤던 것은 열두세 살 때였고 지금 말하려는 것은 그보다 몇 년 후인 열다섯 살 때 일이다. 이번에는 둘째 형의 팔찌에서 금 조각을 훔쳤다. 둘째 형은 나한테서 25루피 정도를 빌려 가서는 갚을 생각을 하지 않았다. 그래서 형이 차고 다니는 순금팔찌에서 금을 조금 떼어가기로 했다. 금 조각을 떼는 것은 어렵지 않았고 그걸로 빚은 청산되었지만 양심에 걸려서 도저히 참을 수가 없었다. 나는 다시는 도둑질을 하지 않겠다고 맹세하고 아버지께 사실을 털어놓기로 했다. 하지만 말씀드릴 용기가 나지 않았다. 아버지에게 매를 맞을까 봐 두려워서가 아니었다. 내가 기억하기로 아버지는 한 번도 매를 들지 않았다. 매를 맞는 것보다 아버지가 나에게 실망할 것이 더 겁났다. 하지만 위험을 무릅쓰고라도 잘못을 고백하지 않으면 용서를 받지 못할 것 같았다.

자백

결국 나는 아버지께 직접 말씀드리기보다는 편지로 용서를 빌기로 했다. 나의 모든 잘못을 고백하고 합당한 벌을 내려달라는 내용의 편지를 썼다. 이 일로 아버지 스스로를 벌하지 말아달라는 당부와 다시는 도둑질하지 않겠다는 맹세도 덧붙였다.

당시 아버지는 만성염증으로 대부분의 시간을 나무 침대에 누워 있었다. 나는 떨리는 손으로 편지를 건네고 침대 맞은편에 앉았다.

편지를 읽은 아버지의 눈에서 눈물이 흘러 편지로 떨어졌다. 아버지는 편지를 다 읽고 잠시 눈을 감고 생각하더니 편지를 찢어버렸다. 그리고 편지를 읽기 위해 일으켰던 몸을 다시 뉘었다. 나도 눈물이 났다. 아버지가 괴로워하는 모습을 차마 볼 수가 없었다. 내가 화가였다면 이때의 광경을 전부 그려낼 수 있을 만큼 이날의 기억이 아직까지도 생생하다.

용서받다

사랑이 담긴 아버지의 눈물은 내 마음을 정화시키고 나의 잘못을 씻어주었다. 찬송에서 "사랑의 화살에 맞아본 사람만이 사랑의 힘을 안다"라고 했듯이 이러한 사랑은 경험해본 사람만이 그 힘을 알 수 있다.

아힘사(비폭력)의 힘

이 일은 나에게 아힘사의 힘을 직접 체험하는 기회이기도 했다. 당시에는 아버지의 사랑으로만 보였지만 지금은 그것이 순수한 아힘사였다는 것을 안다. 이러한 아힘사가 모두를 아우르면 주위의 모든 것을 변화시킬 수 있다. 아힘사의 힘에는 한계가 없다. 아버지로서는 이렇게 숭고하게 용서하기가 쉽지 않았을 것이다. 나는 아버지가 화를 내고 꾸짖고 당신의 이마를 칠 줄 알았다. 하지만 아버지는 놀라울 정도로 침착한 모습을 보였다. 아마도 내가 모든 것을 솔직하게 자백했기 때문이라고 믿는다. 모든 것을 솔직히 자백하고 다시는 잘못하지 않겠다고 약속하는 것은 가장 순수한 회개이다. 나의 이러한 자백은 아버지를 안심시켰고, 나에 대한 아버지의 사랑을 무한히 키워주었을 것이라고 생각한다.

종교 입문하기

나는 예닐곱 살 때부터 열여섯 살 때까지 학교에 다니면서 종교를 제외한 모든 것을 배웠다. 선생님에게는 수업 시간에 가르치는 것만 배웠지만, 그 외의 것들은 주위에서 배워나갈 수 있었다. 따라서 내가 말하는 '종교'는 가장 넓은 의미로 자아실현이나 자기 인식을 의미한다.

라마나마

선생님에게 배우지 못한 것은 우리 집에서 오래 일해왔고 나를 무척이나 아꼈던 유모, 람바에게 배웠다. 람바는 귀신이나 유령을 무서워했던 나에게 라마 신의 이름을 반복하여 읊조리는 '라마나마'로 무서움을 이길 수 있다고 말했다. 나는 라마나마가 실제로 효과가 있을 거라는 기대보다는 유모에 대한 믿음으로 라마나마를 읊조리기 시작했다. 물론 이는 오래가지 않았지만 어린 시절 뿌린 좋은 씨앗은 헛되지 않았다. 람바라는 선한 이가 씨를 뿌려준 덕분에 오늘날 내게 있어 라마나마는 확실한 치료법이 되었다고 생각한다.

하지만 무엇보다도 아버지에게 라마의 삶을 중심으로 한 고대 힌두의 서사시 『라마야나』를 읽어드린 것이 가장 기억에 남는다. 아버지는 몸이 편찮으셨을 때 한동안 포르반다르에서 지내며 매일 밤 독실한 라마 신자를 초대해 『라마야나』를 낭송하게 하셨고 옆에서 이를 듣던 나도 『라마야나』에 대한 믿음을 가지게 되었다. 나는 오늘날까지도 툴시다스의 『라마야나』를 모든 종교 문학 가운데 최고라고 생각한다.

도덕

도덕이 만물의 근본이고 진리가 모든 도덕의 본질이라는 생각이 마음 깊이 자리 잡으면서 진리가 곧 내 삶의 유일한 목표가 되었다. 그리고 이러한 생각이 날로 깊어지면서 진리에 대한 정의도 날로 그 폭을 넓혀갔다.

악으로 선을 갚은 내용을 노래한 구자라트어 시구가 내 삶의 지침이 되었다. 나는 열의를 다해서 진리를 향한 무수한 실험을 시작했다. 내게 영감을 준 시를 독자 여러분께 소개한다.

훌륭한 식사로 한 잔의 물을 갚고
진심 어린 절로 정다운 인사를 갚고
황금으로 동전 한 닢을 갚고
목숨을 구해줬다면 목숨을 아끼지 마라.
지혜로운 말과 행동을 존중하고
아무리 작은 봉사도 열 배로 갚으라.

하지만 진정으로 고귀한 사람은 모든 사람을 하나로 알아 즐거운 마음으로 악을 선으로 갚는다.

영국 유학 준비

1887년, 나는 대학 입학시험에 합격했다. 어른들은 내가 대학에 들어가길 바라셨다. 나는 사말다스 대학에 입학했지만 대학 수업은 내 생각보다 훨씬 어려웠다. 교수님의 수업에 흥미를 느끼기는커녕 따라가는 것도 버거웠다. 사말다스 대학 교수진은 최고라고 정평이 나있기 때문에 교수진의 문제라기보다는 내 수준이 너무 낮았던 탓이라 할 수 있다. 나는 한 학기를 겨우 마치고 방학을 맞아 집에 내려갔다.

집에 있는 동안, 우리 집안과 오랫동안 친분이 있는 마브지 다베가 찾아왔다. 그는 박식하고 통찰력이 뛰어난 브라만으로 아버지가 돌아가신 후에도 우리 가족과의 연을 계속 이어가고 있었다. 그는 어머니와 큰형과 이야기를 나누다가 내 학교생활에 대해 물었다. 내가 사말다스 대학에 다닌다고 하자 그는 "시대가 변했어요. 차라리 영국으로 보내지 그래요. 제 아들 케발람의 말로는 영국에서는 쉽게 변호사가 될 수 있다더군요. 3년이면 충분할 겁니다"라고 말했다. 그리고 내게 여기보다는 영국에서 공부하는 것이 어떠냐고 물었다. 대학 공부가 너무나 버거웠던 내게 이보다 반가운 말은 없었다. 그래서 하루라도 빨리 영국에서 공부할 수 있으면 좋겠다고 대답했다. 시험에 금방 합격하기란 쉬운 일이 아니었다. 그는 내게 "너희 아버지는 네가 변호사가 되기를 바라셨으니 변호사가 되는 것이 가장 좋을 거야"라고 말했다. 그리고 어머니께 "저는 지금 가봐야 합니다. 제가 드린 말씀 잘 생각해보세요. 다음에 왔을 때는 영국 유학을 준비하고 있다는 소식을 듣기를 바랍니다. 제가 도울 일이 있으면 무엇이든 알려주세요"라고 말하고 떠났다.

삼촌의 허락

나는 삼촌을 찾아가 영국 유학에 관해 말씀드렸다. 삼촌은 곰곰이 생각하더니 "네가 하고 싶다면 반대는 하지 않으마. 하지만 정말 중요한 것은 네 어머니의 허락이 아니겠니? 어머니가 허락하신다면 나도 축복을 빌어주마! 어머니께 나는 반대하지 않는다고 말씀드려라. 널 위해 기도하마"라고 말했다.

어머니의 허락

그러나 어머니는 여전히 유학에 반대했다. 젊은이들이 영국에 가면 방황하고, 고기를 먹고, 알코올 중독에 빠지게 된다는 주변 사람들의 말을 듣고 걱정이 됐기 때문이다. 그리고 "사람들이 이렇게 말하는데 어떡하니?"라고 나에게 물었다. 나는 "저를 못 믿으세요? 저는 어머니께 절대 거짓말을 하지 않을 거예요. 또 술이나 고기에는 절대 손도 대지 않을 거예요"라고 약속했다. 다행히 어머니는 나의 말을 믿고 영국 유학을 허락해주셨다. 중등학교에서 따뜻한 송별회를 가진 후, 나는 봄베이에서 배를 타고 영국으로 떠났다.

2

영국 유학길에 오르다

마침내 런던으로

영국에서 새로 방을 얻었지만 마음이 편치 않았다. 매일 집과 고향 생각이 간절했고 어머니의 사랑이 너무나도 그리웠다. 고향에서 있었던 추억들을 생각하며 밤마다 눈물로 지새웠다. 고향을 그리워하는 이런 마음은 누구와도 나눌 수가 없었다. 설령 나눌 수 있더라도 그게 다 무슨 소용이겠는가? 나를 위로할 수 있는 것은 아무것도 없었다. 영국 사람, 생활 방식, 심지어 집까지 모든 것이 낯설었다. 나는 영국식 예절은 아무것도 몰랐기 때문에 언제나 조심해야 했다. 또 고기를 먹지 않기 때문에 간이 심심하고 맛없는 요리만 먹어야 했다. 완전히 진퇴양난이었다. 영국에서의 유학 생활은 너무 힘들었지만 그렇다고 인도로 돌아갈 수도 없었기 때문이다. 내면의 목소리는 어차피 여기까지 왔으니 3년은 버텨야 한다고 말했다.

신지학

영국에 온 지 2년이 다 되어가던 무렵 나는 신지학회 회원인 형제를 우연히 알게 되었다. 이들은 내게 『기타』에 대해 말해주었다. 또 에드윈 아널드 경이 『기타』를 영문으로 번역한 『천상의 노래』를 읽고 있으니 원문을 함께 읽자고 제안했다. 나는 영어로든, 산스크리트어로든, 모국어인 구자라트어로든 종교시를 읽어본 적이 없기 때문에 부끄러웠다. 그러나 부끄러운 마음을 접고『기타』를 함께 읽어보고 싶다고 말했다. 또 산스크리트어를 잘하는 편은 아니지만 번역서에서 원래의 의미를 전달하지 못했을 때 말해줄 만큼은 원문을 이해할 수 있기 바란다고 말하고 그들의 초대에 응했다. 그렇게『기타』읽기를 시작했다. 특히 2장에 나오는 구절에 깊은 감명을 받았는데 지금도 그 구절이 귓가에 울리는 것 같다.

감각의 대상을 깊이 생각하면 집착이 생긴다.
집착이 욕망을 낳고
욕망은 격렬한 욕정으로 불타오르고
욕정은 무모함을 낳는다.
그러면 모든 기억이 뒤틀려
숭고한 목적은 사라지고
마음은 약해져서
목적과 마음, 사람이 모두 망가진 채로 머물고 만다.

축복받은 자의 노래라는 뜻의『기타』는 내게 매우 소중한 책이었다. 그 가치는 점점 커졌고 지금은 진리를 다루는 책으로는『기타』가 최고라고 생각하고 있다. 특히 기분이 우울할 때 이 책은 내게 큰 힘이 되어주었다. 나는 영문으로 출판된『기타』 번역서를 거의 모두 읽어봤는데 그중에서 아널드 경의 책이 가장 좋았다. 아널드 경의 번역서는 원문에 충실하면서 번역 특유의 어색함이 없다. 당시 신지학회 형제를 만나서 『기타』를 읽긴 했지만, 당시에는 그것을 공부했다고 보기 어렵다. 실제로 그것을 매일 읽으며 공부하게 된 것은 한참이 지나서였다.

형제는 에드윈 아널드 경의 『아시아의 빛』도 읽어보라고 권했다. 당시까지 아널드 경의 저서로 『천상의 노래』밖에 몰랐지만 『아시아의 빛』을 읽고 나니 『바가바드기타』보다 더 흥미로웠다. 한번 읽기 시작하자 손에서 책을 놓을 수 없을 정도였다. 또한 그들은 나를 데리고 가, 블라바츠키 부인과 베산트 부인에게 소개해주기도 했다. 당시 베산트 부인은 신지학회에 가입한 지 얼마 안 됐을 때였다. 나는 부인의 개종과 관련된 논란에 관심이 갔다. 그들이 신지학회 가입을 권했지만 나는 정중하게 거절했다. 자신의 종교도 아직 잘 모르면서 어찌 다른 종교 단체에 가입할 수 있겠는가. 형제의 제안으로 블라바츠키 부인의 『신지학의 열쇠』를 읽었던 기억이 난다. 나는 이 책을 통해 힌두교 책에 관심을 갖게 되었고, 힌두교는 미신으로 가득하다는 선교사들의 잘못된 가르침에서 깨어날 수 있었다.

착한 기독교인을 만나다

같은 무렵, 나는 채식주의자들만 머무는 기숙사에서 맨체스터 출신의 착한 기독교인을 한 명 알게 되었다. 그는 내게 기독교에 대해서 알려주었고 나는 그에게 라지코트에서 고기를 먹었던 일을 고백했다. 그는 나의 이야기에 안타까워하며 "저는 채식주의자고 술도 마시지 않습니다. 기독교인 중에서도 고기를 먹고 술을 마시는 이들은 많지만 성경은 고기나 술을 권하지 않아요. 성경을 꼭 한번 읽어보세요"라고 말했다. 내가 그러겠다고 하자 그는 성경책을 한 권 가져다주었다. 정확히 기억나지는 않지만 그는 성경을 팔고 있었고 나는 그에게서 지도와 색인, 참고 자료까지 들어 있는 성경책을 샀던 것 같다. 하지만 막상 성경책을 펼치자 구약도 다 읽기가 어려웠다. 창세기 다음부터는 졸려서 읽을 수가 없었다. 성경을 읽었다고 말하고 싶어서 억지로 다 읽긴 했지만 재미도 없고 이해도 되지 않았다. 특히 민수기는 정말 읽기 어려웠다.

하지만 신약은 달랐다. 특히 예수의 설교 내용을 담은 산상설교가 특히 마음에 들었다. 나는 예수의 설교를 『기타』와 비교해보았다. "너희에게 이르노니 악한 자를 대적하지 말라. 누구든지 네 오른뺨을 치거든 왼뺨도 돌려주고, 너의 겉옷을 가지고자 하는 자에게 속옷까지도 내어주어라"라는 문구는 내게 더없는 즐거움을 주는 동시에 "훌륭한 식사로 한 잔의 물을 갚고"

라는 샤말 바트의 시구를 생각나게 했다. 나는 어린 마음에 『기타』와 『아시아의 빛』, 산상설교의 가르침을 하나로 묶으려고 했고 욕망과 집착에서 벗어나는 것이야말로 종교의 최고 경지라는 생각을 하게 되었다.

성경을 계기로 다른 종교 지도자의 삶도 궁금해졌고 마침 친구가 칼라일의 『영웅과 영웅 숭배』를 권해주었다. 나는 이 책을 통해 선지자였던 주인공의 훌륭함과 용기, 금욕적인 삶에 대해서 배우게 되었다.

그 외에도 더 깊이 있고 다양한 관점에서 종교를 공부하고 싶었지만 안타깝게도 시험 기간이 겹쳐서 시간을 낼 수가 없었다. 하지만 언젠가는 종교 서적을 더 많이 읽고 주요 종교를 모두 공부하겠다고 결심했다.

무신론

그렇다면 무신론은 어떻게 공부해야 할까? 인도에서는 무신론자의 지도자라 불리는 브래들로와 그가 주창하는 무신론이 매우 유명했다. 제목은 기억나지 않지만 그의 책을 몇 권 읽어봤는데, 이미 나는 무신론의 강을 건넌지라 그의 이론에 아무런 영향도 받지 않았다. 또한 베산트 부인이 무신론에서 유신론으로 전향했다는 사실이 알려져 크게 주목받았는데 이는 무신론을 반대하던 내게 큰 힘이 되었다. 나는 베산트 부인의 『나는 어떻게 신지론자가 되었나』도 읽어보았다. 브래들로가 사망해 워킹 공동묘지에 묻힌 것도 그 무렵이었다. 나는 런던에 사는 모든 인도인이 참석할 거라는 생각에 그의 장례식에 참석했다. 장례식에는 식을 거행할 성직자도 몇 명 참석했었다. 장례식을 마치고 집에 돌아가려고 역에서 기차를 기다리는데 군중 속에서 한 무신론자가 성직자에게 따지듯 묻는 소리가 들렸다.

"선생님은 신의 존재를 믿으십니까?"

"네." 착한 성직자가 낮은 목소리로 답했다.

"선생님은 지구 둘레가 4만 킬로미터라는 데도 동의하지요?"라고 무신론자는 자신만만하게 웃으며 말했다.

"네."

"그럼 신이 얼마나 크고 또 어디에 있는지 말해보시지요."

"신은 우리 모두의 마음속에 계십니다."

"이런, 이런. 저를 완전히 어린애 취급을 하시는군요." 무신론자는 득의만면한 표정으로 우리를 보며 말했다. 목사는 겸손하게 침묵을 지켰다.

법정 변호사가 되다

정식 변호사가 되려면 두 가지를 해내야 했다. 하나는 12학기를 수료하는 것이고 다른 하나는 시험에 합격하는 것이다. 여기서 학기를 수료한다는 것은 매 학기 제공하는 스물네 번의 만찬 가운데 적어도 여섯 번은 참석해야 한다는 뜻이다. 만찬에는 음식과 술이 차려졌고 모든 참석자가 이를 즐겼다. 사실 만찬의 진정한 의미는 저녁을 먹는 것보다는 정해진 시간에 와서 끝까지 자리를 지키는 데 있었다. 식사 요금은 2실링 6펜스에서 3실링 6펜스로 인도 통화로 환산하면 2~3루피 정도였다. 호텔에서 마시는 와인 값이 저 정도였으니 비교적 저렴한 편이라 할 수 있었다. 우리 인도인들은 '문명화'되지 않아서 그런지 음식보다 술값이 더 비싸다는 것이 낯설게 느껴졌다. 처음에는 술을 마시려고 그렇게 많은 돈을 쓰는 것 자체가 이해되지 않았지만 그래도 나중에는 어느 정도 이해하게 되었다. 채식주의자인 내가 만찬에서 먹을 수 있는 음식은 많지 않았다. 빵과 삶은 감자, 양배추뿐이었는데 그나마도 맛이 별로여서 아무것도 먹지 못하는 경우도 있었다. 다행히 시간이 지나면서 차츰 익숙해져갔고 나중에는 다른 음식들도 맛볼 수 있을 정도가 되었다.

교수에게는 학생보다 좋은 음식이 제공되었다. 나는 교수에게 제공되는 채식 코스를 학생들에게도 제공해달라고 건의했는데, 다행히 건의가 받아들여져 교수들 식탁에서 다양한 과일과 채소를 가져다 먹을 수 있게 되었다. 하지만 이런 만찬이 변호사가 되는 데 진정 도움이 되었는가에 대해서는 여전히 회의

적이다. 예전에는 만찬에 참석하는 학생 수가 적어서 다른 학생들이나 교수님들과 대화하고 발표도 했다고 한다. 그러한 교류는 학생들이 지식을 쌓고 능력을 키우는 데 분명한 도움이 됐을 것이다. 하지만 내가 다닐 때는 교수들 식탁이 따로 마련되어 있어서 상호간의 교류가 거의 없었다. 만찬은 그 의미를 잃었지만 보수적인 영국은 그래도 전통을 이어갔다.

교과 과정

학과 공부는 쉬웠다. 변호사를 우스갯소리로 '만찬 변호사'로 부를 정도였다. 내가 다닐 때는 로마법과 영국법, 두 과목의 시험을 봤는데 시험은 전혀 어렵지 않았다. 시험 대상으로 정해진 교과서가 있었지만 이를 읽는 학생은 거의 없었다. 대체로 로마법은 노트로 2주 정도, 영국법도 노트로 두세 달 정도 공부하면 시험에 합격했다. 시험은 쉬웠고, 시험 감독도 엄격하지 않았다. 로마법 시험 합격률은 95~99퍼센트였고 최종 시험의 합격률도 75퍼센트가 넘었다. 게다가 시험을 일 년에 네 번이나 볼 수 있었기 때문에 떨어질 걱정은 거의 없었다. 학생 중에도 시험이 어렵다고 생각하는 사람은 없었다. 하지만 나는 이렇게 쉬운 시험도 어렵게 만드는 재주가 있었다. 교과서를 모두 읽지 않고 시험을 보는 것이 속임수처럼 생각되었다. 그래서 나는 로마법을 라틴어로 읽기로 하고, 큰돈을 들여 라틴어로 된 로마법 책을 샀다. 런던 대학 입학시험을 준비할 때 라틴어를 공부한 것이 큰 도움이 되었다. 그리고 이때 라틴어로 로마법을 공부했던 것은 나중에 남아프리카에서 그 진가가 발휘되었다. 남아프리카는 네덜란드 로마법을 일반법으로 사용하고 있었기 때문에 유스티니아누스 법전을 읽은 것이 남아프리카 법을 이해하는 데 큰 도움이 되었다.

영국의 관습법

관습법은 거의 9개월 동안 열심히 공부해 겨우 끝마칠 수 있었다. 브룸의 『영국법』은 책이 두꺼워서 시간이 오래 걸렸지만 재미있었다. 스넬의 『형평법』도 재미있었지만 이해하기는 어려웠다. 중요한 판례를 모아놓은 화이트와 튜더의 『기본 판례』는 재미있으면서도 유익했다. 윌리엄과 에드워드의 『부동산』과 굿이브의 『동산』도 재미있게 읽었다. 윌리엄의 책은 마치 소설처럼 쉽게 읽혔다. 인도로 돌아올 때는 특히 마인의 『힌두법』을 관심 있게 읽었다. 하지만 지금은 인도법에 관한 책을 논할 자리가 아니니 여기서 접도록 하겠다. 나는 시험에 합격하여 1891년 6월 10일 변호사 자격증을 취득하고 11일 고등법원에 등록했다. 그리고 12일 인도로 돌아왔다.

3

남아프리카에서
변호사를 시작하다

남아프리카행 제의

인도에서 변호사 일자리를 알아보는 동안 포르반다르의 메몬 회사에서 형에게 다음과 같은 편지를 보냈다.

"저희는 남아프리카에서 사업하는 대기업으로 현재 4만 파운드 상당의 장기 소송을 진행 중입니다. 저희는 최고의 인도인 변호사 및 법정 변호사와 함께 일하고 있습니다. 동생분이 여기 와서 도와준다면 저희 변호인단과 더욱 원활하게 소통할 수 있을 것으로 기대됩니다. 그리고 이는 동생 분에게도 새로운 세상을 경험하고 새로운 친구도 사귈 좋은 기회가 될 것입니다."

형은 나의 의견을 물었다. 나는 단순히 변호인단과 소통만 하는 것인지 아니면 법정에도 서야 하는지 궁금했지만 일단 마음이 끌렸다. 형은 문제의 회사인 다다 압둘라의 동업자였던 고(故) 셰스 압둘 카림 자베리 씨를 소개해주었다. 그는 일이 어렵지는 않을 거라고 말했다.

"유럽의 거물들을 알고 있는데 남아프리카에 가시면 만나게 될 겁니다. 간디 씨는 저희 회사에 도움을 주실 수 있습니다. 대부분 영어로 서신을 주고받기 때문에 이 부분에서도 저희를 도와주실 수 있죠. 물론 저희가 손님으로 모시는 거라 비용은 일절 들지 않습니다."

"얼마 동안 근무하는 건가요? 그리고 급료는 얼마인가요?"

"근무 기간은 일 년 내외이고 급료는 105파운드입니다. 1등급 왕복 티켓을 드리고 숙식도 모두 제공됩니다."

말이 변호사지 실제로는 회사의 하인으로 가는 것이었다. 하지만 나는 어떻게 해서라도 인도를 떠나고 싶었다. 새로운 나라에서 새로운 경험을 쌓을 기회라는 점도 마음에 들었다. 또 급료를 받아 형에게 보내면 집안 살림에 보탬이 될 수 있었다. 나는 그들의 제의를 받아들이고 남아프리카로 떠날 채비를 했다.

남아프리카로 출발

남아프리카로 떠날 때는 영국 유학길에 올랐을 때와 사뭇 달랐다. 어머니는 이미 세상을 떠났고 그동안 해외여행 경험도 쌓인데다가 라지코트에서 봄베이까지는 그리 특별한 여행도 아니었기 때문이다.

그러나, 이번에는 아내와 헤어지는 것이 힘들었다. 내가 영국에서 돌아온 이후 아이가 하나 더 태어났기 때문이다. 우리 부부의 사랑은 정욕에서 완전히 벗어나지는 못했지만 조금씩 순수해지고 있었다. 내가 영국에서 돌아오고 나서도 우리는 거의 함께 시간을 보내지 못했다. 변변치 못하지만 나는 아내의 선생이 되어 아내의 교화를 돕고 있었고 우리 부부는 교화를 계속하려면 더 많은 시간을 함께 보내야 한다고 생각했다. 그러나 남아프리카가 나를 강하게 끌어당기고 있었다. 결국 나는 일

년 안에 돌아올 수 있다는 말로 아내를 위로하며 봄베이로 떠났다.

프리토리아에서

나의 첫 번째 임무는 프리토리아에 거주하는 모든 인도인을 대상으로 모임을 열어 그들이 트란스발에서 어떤 취급을 받고 있는지 실태를 설명하는 것이었다. 모임은 셰스 하지 무함마드 하지 주삽의 집에서 열렸으며, 모임에는 메만 상인들이 주로 참석했고 힌두교도도 드문드문 보였다. 사실 프리토리아에는 힌두교도 자체가 극소수에 불과했다.

이 모임에서 나는 난생처음으로 공개 연설을 했다. 정직하게 장사하자는 내용을 주제로 열심히 연설을 준비했다. 상인들은 언제나 정직하게 장사하는 것은 불가능하다고 말해왔다. 그때도 그랬지만 지금도 나는 그렇지 않다고 생각한다. 장사와 정직은 양립할 수 없다고 주장하는 상인들은 "장사란 현실이고, 정직은 종교적인 문제이다. 그리고 현실과 종교는 완전히 다르다"라고 말한다. 따라서 장사를 할 때는 완전히 진실할 수가 없으며 장사에 방해되지 않는 한도 내에서만 진실하면 된다는 것이다. 나는 연설에서 이러한 사고에 강력히 반대하고 몇 명의 행동이 조국에 있는 수천만 인도인을 대변할 수 있으므로 외국에서는 특히 정직하게 행동해야 할 의무가 있다고 말했다.

신은 내가 남아프리카에서 살아갈 수 있는 기반을 만들고 민족의 자존심을 위해 싸울 수 있는 씨앗을 뿌려주셨다.

변호사업

변호사 일은 안정적으로 성장했지만 여기에 만족할 수는 없었다. 생활을 더욱 간소화하고 동포에게 실직적인 도움을 줘야 한다는 생각이 마음 한구석에 깊숙이 자리 잡고 있었다. 그때 마침 나병 환자 한 명이 집에 찾아왔다. 밥 한 끼만 주고 내보낼 수가 없어서 쉴 곳을 마련해주고 상처를 치료하면서 그를 돌보기 시작했다. 하지만 평생 그렇게 할 수는 없었다. 언제까지나 함께하며 그를 돌봐주겠다는 의지도 부족했다. 그래서 인도 계약 노동자를 위한 국립 병원으로 그를 보냈다.

3년 후에

남아프리카에서 3년을 지내면서 나는 많은 사람을 알게 되었다. 1896년 나는 이곳에 오래 머물렀으니 6개월 정도 고향에 다녀오겠다고 했다. 그동안 변호사 일을 꽤 잘해왔고 그곳 사람들도 내가 더 머물기를 바랐기 때문에 아예 고향에서 아내와 아이들을 데려와 정착하기로 했다. 또 인도에 가면 여론을 이용하여 남아프리카 인도인에 대한 관심을 높일 수도 있을 것 같았다. 남아프리카에서는 아직도 인도인에게 3파운드의 인두세를 부과하고 있었고 이것이 폐지되지 않는 한 평화는 올 수 없었다.

4

인도로 돌아와
조국에 봉사하다

인도에서

나는 봄베이에 들르지 않고 바로 라지코트로 가서 남아프리카의 상황을 설명하는 팸플릿을 준비했다. 글을 쓰고 인쇄하기까지 거의 한 달이 걸렸다. 팸플릿은 표지가 녹색으로 되어 있어서 후에 녹색 팸플릿으로 불렸다. 말하려는 대상과 거리가 있을 경우에는 실제보다 과장되어 보일 수 있다. 그렇기 때문에 나는 이전의 두 팸플릿보다 온건한 어조를 사용해 남아프리카 인도인의 상황을 설명했다.

우리는 1만 부를 인쇄하여 인도의 모든 신문사와 당파 대표에게 보냈다. 「파이어니어」에서 사설로 이를 가장 먼저 다뤘다. 로이터 통신이 이 기사를 요약해 영국에 보냈고 런던 로이터가 다시 이를 요약해 나탈에 보냈다. 그래서 나탈에서 받은 기사는 3줄이 채 넘지 않았다. 기사는 나탈 인도인의 처우를 설명한 내 글을 매우 간단하게 요약한 것이었다. 그러나 이 글은 상당히 과장되어 있었고 나의 문체도 아니었다. 이 글이 나탈에 미친 영향은 보다 나중에 나타난다. 그 사이에 주요 신문에서 일제히 이 문제를 자세히 보도하기 시작했다.

국민회의

인도에 돌아온 후 얼마 동안은 전국을 돌아다녔다. 그때가 1901

년으로 딘쇼 와차 의장(이후 작위를 받아 경이 됨)의 주재로 캘커타에서 국민회의가 열린 해였다. 나도 그때 처음으로 국민회의에 참석했다.

결의안

내 차례가 되자 와차 의장이 이름을 호명했다. 나는 자리에서 일어섰고 머리가 어지러웠다. 그래도 결의안은 어떻게 간신히 읽을 수 있었다. 누군가 해외 이주를 옹호하는 자작시를 인쇄해 대의원들에게 나눠주었다. 나는 그 시를 읽고 남아프리카 이주민의 고통을 토로했다. 하지만 주어진 5분이 다 되기도 전에 와차 의장이 종을 쳤다. 사실 그 종은 2분 안에 발표를 끝내라는 예비 종이었지만 나는 그 사실을 몰랐었다. 다른 사람들은 30분이나 45분 동안이나 발표했는데도 종을 치지 않았기 때문에 나는 종소리에 기분이 상해 자리에 앉아버렸다. 하지만 당시 미숙했던 내가 생각하기에도 그 시에는 페로제샤 경에 대한 답변이 들어 있었다. 결의안 통과에 대해서는 어떤 질문도 없었다. 당시에는 방청객과 대의원 간에 거의 구분이 거의 없었고 결의안마다 모두 손을 들어 모든 결의안이 만장일치로 통과되었다. 내 결의안 역시 그렇게 통과되어 이 결의안이 내게 얼마나 중요한지도 잊어버릴 정도였다. 하지만 결의안이 국민회의에서 통과되었다는 것만으로도 기뻐하기에는 충분했다. 국민회의의 승인은 곧 국가 전체가 승인한 것과 마찬가지였기 때문이다.

아시람 설립

사티아그라하 아시람은 1915년 5월 25일 설립되었다. 슈라다난지는 내가 하드바르에 정착하기를 바랐고 캘커타의 친구 몇몇은 바이댜나서덤을 추천했다. 라지코트에 정착해야 한다고 설득하는 이들도 있었다. 그러던 중 우연히 아메다바드 지역을 지나다가 친구들이 이곳에 정착할 것을 권했고 자발적으로 아시람[힌두교도 수련시설] 설립 비용과 살 집을 마련해주기까지 했다. 거처가 정해졌으니 가장 먼저 할 일은 아시람의 이름을 정하는 것이었다. 친구들은 세바슈람(봉사의 집)이나 타포반(금욕의 집) 같은 이름을 추천해주었다. 나는 세바슈람이 마음에 들었지만 이 이름으로는 봉사 방법을 제대로 설명할 수 없었다. 또 타포반은 스스로를 금욕적인 사람이라고 자칭하는 것 같아 가식적인 느낌이 들었다. 우리는 진리에 헌신한다는 신념하에 진리를 추구하고 주장하는 것을 업으로 삼고 있었다. 나는 남아프리카에서 시도했던 방법을 인도에 알리고 인도에서도 이를 최대한 적용해보고 싶었다. 그래서 친구들과 상의하여 봉사 목적과 방법을 모두 보여주는 '사티아그라하 아시람'[사티아는 진리, 그라하는 노력을 뜻함]을 새로운 아시람 이름으로 선택했다.

아시람 운영

아시람을 운영하려면 규칙과 계율이 필요했다. 이러한 것들에 대한 초안을 작성하고 친구들을 초대해 의견을 물었다. 많은 의견이 채택됐는데 그중 구루다스 바네르지 경의 의견이 아직도 기억에 남는다. 그는 초안이 맘에 들지만 요즘 젊은이들이 겸손하지 않은 것 같으니 겸손도 계율에 포함돼야 한다고 제안했다. 나도 그 문제는 알고 있었지만 겸손을 맹세하게 하면 더 이상 겸손이 아니게 될 것이 걱정되었다. 진정한 겸손은 나서지 않고 삼가는 자기 억제의 태도이다. 이러한 태도는 곧 모크샤(구원)로, 이를 직접 계율로 삼을 수는 없으며 다른 계율을 통해 구원에 이르도록 해야 한다. 구원을 바라는 이가 겸손하지 못하고 사심에 행동한다면 이는 더 이상 구원이나 봉사가 아니다. 겸손하지 않은 봉사는 이기심과 자만일 뿐이다.

공적 생활

이 시점을 기준으로 내 생활은 대중에 모두 공개되었다. 또한 1921년부터 국민회의 지도자들과 매우 가까워지면서 이들을 빼놓고는 내 생활 자체를 이야기할 수 없을 정도가 되었다. 슈라다난지, 데샤반두, 하킴 사헤브, 랄라지는 더 이상 우리와 함께 있지 않았지만 국민회의의 다른 원로의원들이 우리와 계속 함께 일하고 있었기 때문이다. 국민의회는 큰 변화를 겪은 이후에도 계속 발전하고 있다. 그리고 지난 7년간 나의 중요한 실험은 모두 국민회의를 통해 이루어졌다. 그래서 이들 국민의회 지도자들과 나의 관계를 언급하지 않고서는 내 실험에 대해 말하기도 어렵다. 하지만 지금은 예의상 더 이상 언급하지 않겠다. 내 실험은 아직 확실한 결론에 도달하지 못했다. 따라서 나의 이야기는 여기서 끝내는 것이 맞는 것 같다. 사실, 나의 펜이 본능적으로 이 이상의 글은 거부하고 있다.

작별인사

독자들과의 작별이 섭섭하지 않은 것은 아니다. 나는 나의 실험을 매우 중요하게 생각한다. 내 이야기가 공정했는지는 모르겠지만 사실 그대로를 전달하기 위해 최선을 다했다. 나는 내가 경험한 그대로, 내가 도달한 방식 그대로 진리를 설명하려고 끊임없이 노력했다. 그리고 이러한 작업은 이루 말할 수 없는 마음의 평화를 가져다주었다. 허황된 바람일지 모르지만, 망설이는 사람들에게 진리와 비폭력에 대한 믿음을 심어주고 싶기 때문이다.

진리만이 신이다

나는 지금까지의 경험을 통해 진리만이 진정한 신이라고 확신하게 되었다. 이 자서전에서 아힘사, 즉 비폭력만이 진리를 실현할 수 있는 유일한 길이라는 것을 분명히 하지 못했다면 자서전을 집필하는 데 들인 나의 모든 노력은 허사라고 생각한다. 이러한 나의 노력이 아무런 성과 없이 끝나더라도 이는 전달자의 잘못일 뿐 그 위대한 원칙이 잘못된 것은 아님을 알아야 할 것이다. 내가 아무리 비폭력을 위해 노력해왔다고 하더라도 아직은 완전하지도 충분하지도 못하다. 아주 잠깐 진리를 본 것만으로는 우리가 매일 보는 태양보다 백만 배는 강력한 진리의 빛을 제대로 전달하기는 어렵기 때문이다. 사실 내가 본 진리도 그 거대한 빛의 가장 희미한 한 자락에 불과하다. 하지만 나는 지금까지의 모든 실험 결과에 따라 진리는 완전한 비폭력을 통해서만 실현될 수 있다고 확신한다. 삼라만상에 깃들어 있는 진리의 정신과 대면하려면 가장 미천한 생명체마저도 그 자체로 사랑할 수 있어야 한다. 그리고 이를 위해서는 인생에서 그 무엇도 피해서는 안 된다. 이것이 바로 진리를 추구하는 내가 정치에 뛰어들게 된 이유이다. 나는 종교와 정치는 서로 무관하다고 말하는 이들은 종교의 진정한 의미를 모르는 것이라고 단언할 수 있다.

자기 정화

자기 정화가 없다면 살아 있는 생명체와 공감대를 형성할 수 없다. 또한 자기 정화 없이 비폭력의 법칙을 지킨다는 것은 헛된 꿈에 불과하다. 마음이 순수하지 않으면 절대 신을 깨달을 수 없다. 따라서 자기 정화란 삶의 모든 면을 순수하게 정화하는 것을 의미한다. 그리고 이는 전파력이 매우 강하기 때문에 자기를 정화하면 결국 주변까지 정화된다.

그러나 자기 정화의 길은 멀고도 험하다. 완벽하게 순수해지려면 생각과 말, 행동에서 욕정을 모두 버리고 사랑과 증오, 애착과 혐오 같은 감정적 대립을 초월해야 한다. 나도 끊임없이 노력하지만 아직 생각과 말, 행동 면에서 순수하지 못하다. 그래서 세상의 찬사를 들을 때면 오히려 부담스러울 때가 많다. 나는 간사한 욕정을 극복하는 것이 무력으로 세상을 정복하는 것보다 더 어렵다고 생각한다. 인도로 돌아온 후 나는 내면에 숨어 있는 욕정을 경험했다. 비록 욕정에 지지는 않았지만 내 안에 욕정이 숨어 있다는 것만으로도 수치스러웠다. 다행히 경험과 실험은 나를 붙잡아주고 큰 기쁨을 주었다. 물론 아직도 험난한 길을 더 가야 한다는 것을 안다. 자신을 비우고 세상의 가장 낮은 자리에 서지 않는 한 구원은 없다. 아힘사는 겸손의 극치이다.

독자에게 작별을 고하며

마지막으로 생각과 말, 행동에 비폭력의 은총을 내려주시기를
비는 기도에 독자 여러분도 동참할 수 있기를 바란다.

편집자의 글

간디는 인도로 돌아와 봄베이에서 변호사 일을 시작했지만 크게 성공하지는 못했다. 하지만 남아프리카에 진출한 인도 회사의 더반 사무소에 법률 고문으로 취직하면서 기회가 찾아왔다. 남아프리카에 도착한 젊은 간디는 열등한 인종으로 취급받고 큰 충격을 받았다. 더 나아가 대부분의 인도인 이주자와 인도인 지역사회가 자유권과 정치권을 보장받지 못한다는 사실에 경악하였다. 그는 남아프리카 인도인의 권리를 쟁취하기 위한 투쟁을 시작하기로 했다.

　당시 인종차별이 심했던 남아프리카 정부는 남아프리카 인도인의 권리를 위해 투쟁하는 간디를 투옥하고 인신공격을 하거나 망신을 주는 행동도 서슴지 않았다. 간디는 남아프리카에서 20년 동안 소극적 저항운동과 시민 불복종운동을 이끌었다. 간디의 이러한 행동은 러시아 문호 레오 톨스토이의 영향을 받은 것이다. 그리고 인도에 있을 때 에드윈 아널드 경의 번역서로 읽은 인도의 위대한 유산『바가바드기타』도 젊은 간디의 정신세계에 큰 영향을 미쳤다. 후반에는 시민 불복종에 대한 에세이를 쓰기도 했던 미국 시민운동가 헨리 데이비드 소로와 예수 그리스도의 가르침에 영향을 받기도 했다. 간디는 이러한 세계적 사상가와 문호, 작품의 영향을 받아 '진리와 노력'을 의미하는 '사티아그라하' 개념을 만들어냈다.

간디는 보어 전쟁이 발발하자 야전 의무병으로 참전하여 영국군을 도왔으며, 전쟁이 끝난 후에는 더반으로 돌아와 협동 농장을 운영하면서 정치 운동을 계속했다. 그러다가 1914년 남아프리카 정부가 인도인 결혼을 법적으로 인정하고 인두세를 폐지하자 인도로 돌아가기로 했다.

사랑하는 조국 인도로 돌아온 간디는 인도 전역을 여행하면서 조국의 참담한 현실을 직접 목격한 후 400년에 걸쳐 인도의 자원과 인력을 약탈해간 영국의 식민지 지배를 끝내고 인도를 해방해야 한다고 결심하게 되었다. 간디가 인도의 자치를 얻어내기 위해 시민 불복종운동을 펼치자 영국은 비상조치권을 발동한다. 하지만 이로 인해 영국군이 시민들에게 과잉 대응하면서 1920년 암리차르 대학살이 벌어졌고, 이는 곧 시민사회가 간디의 불복종 정책을 받아들이고 위기에서 벗어나는 계기가 되었다. 간디는 또한 인도 전역에 퍼져 있는 가난을 해결하기 위해 가내공업 부흥 정책을 도입하고 소박한 농촌 생활로 돌아가 국내 산업을 일으키자는 의미에서 물레를 돌리기 시작했다.

간디는 인도 독립운동의 상징적 영웅인 동시에 힌두교의 가장 우수한 전통으로 손꼽히는 영적 금욕을 직접 실천하는 모범이 되었다. 사실 그가 전 인도에 미치는 영향이 너무 막대해서 영국 당국도 간디와 부딪치지 않으려고 주의했다. 하지만 간디가 1921년 인도 독립운동의 선봉에 서서 국민회의의 의장직을 맡고 시민 불복종운동이 더욱 거세지자 영국 당국은 이듬해 그를 투옥하기에 이른다. 1924년 석방된 간디는 힌두교와 이슬람교의 화합에 전념했다. 하지만 1930년에 소금세가 신설되자 이에 항의하면서 소금 행진을 벌이다가 폭력 사태가 발발하면서 다시 체포된다. 그리고 결국 영국 정부가 소금세를 폐지하자 저항운동을 중단하면서 1931년 석방되었다. 1932년에도 저항운동으로 인해 두 번 체포되었는데, 감옥에서 단식투쟁을 벌였다. 영국은 간디가 사망하면 혁명이 일어날 수도 있다는 우려로 결국 한발 양보하게 된다.

1934년 간디는 경험이 풍부하고 믿을 수 있는 정치인 자와할랄 네루에게 국민회의 의장직을 넘기고 정계를 떠나 비폭력 운동과 불가촉천민 제도[카스트 제도의 4대 계급에 속하지 않은 제5계급 하리잔을 차별하는 제도] 폐지 운동을 펼치며 인도 전역을 여행한다. 1935년 영국은 더 이상의 문제와 소란을 피하기 위해 제한된 범위에서 인도의 자치권을 인정한다. 하지만 1939년 인도 소공국 연합이 독재정치로 인도의 다른 지역을 위협하자 정치를 재개하고 이들 소공국 왕들의 독재를 끝내기 위해 단식에 들어갔다.

1939년 2차 세계대전이 발발하자, 간디의 영향 아래 있던 국민회의는 인도의 완전 독립을 즉시 보장하지 않으면 전쟁에서 영국을 지원하지 않겠다고 결정했고 영국은 이를 단호히 거부한다. 1942년 간디는 다시 투옥되었다가 1944년 건강 악화로 석방된다.

1944년 이슬람 동맹과 국민회의가 이견을 조율한다는 조건 하에 영국이 완전한 자치를 약속하면서 간디의 독립운동도 거의 막바지에 접어든다. 간디는 분리 독립을 반대했지만 국내 평화를 위해 어쩔 수 없이 찬성표를 던졌고 그 결과 인도는 인도와 파키스탄, 두 개의 국가로 분리 독립하게 되었다. 하지만 분리 이후 폭동이 발발하여 간디는 폭동이 끝날 때까지 단식을 이어갔으며 단식을 접은 지 12일 만에 힌두교 광신도에게 암살당했다.

간디의 비극적인 죽음에 전 세계가 애도를 보냈다. 간디는 인류 역사에 크게 기여했으며, 전 세계적으로 인정받는 자신만의 독립운동을 펼쳤다. 위대한 영혼 간디는 오늘날까지도 독재에 맞서 싸우는 모든 이들에게 큰 자극과 힘이 되고 있다. 또한 그가 보여준 종교적이고 영적인 삶은 깊은 영감을 주면서 영원히 꺼지지 않는 불꽃으로 남아 있다.

앨런 제이콥스

PART 2
활동

전집으로부터

1

젊은 시절과
남아프리카에서의 투쟁

1888~1914

1888년, 당시 19세였던 간디는 법학 공부를 위해 영국 유학길에 올랐다.
그로부터 3년 후 런던 이너 템플 법학원을 수료함으로써 변호사 자격증을 취득하였고
곧장 인도로 돌아와 뭄바이와 라지코트에 법률사무소를 개업하였다.
평소 소극적이고 말수가 적은 탓에 일감이 부족하던 간디는 형의 도움으로
1년짜리 일자리를 얻어 남아프리카로 떠났다. 계약이 끝난 후,
남아프리카 인도인의 비참한 실상을 목도한 간디는
그들에게 도움이 되는 일을 하기로 결심하였다.
나탈 인도인 회의를 설립, 그들의 권리를 찾기 위해 다양한 방법으로 투쟁하였다.

런던, 1888년 12월

친애하는 선생님께,

얼마 전에 뵌 적이 있는데 기억하시는지요? 당시 제가 영국 유
학을 가기로 해서 선생님께 재정 지원을 부탁하러 갔는데 선생
님이 급한 일이 있으셔서 제대로 말씀을 못 드리고 돌아왔습니
다. 이후 저는 가지고 있던 얼마 안 되는 돈을 모아서 1888년 9
월 4일 영국으로 유학을 왔습니다. 선친께서는 저희 삼 형제에
게 거의 아무런 재산을 남겨주지 않았고 형제들이 666파운드를
모아 저의 유학비로 보태주었습니다. 영국은 학비와 생활비가
비싸다고 들었지만 당시에는 그 돈이면 런던에서 3년 동안 법
률 공부를 하기에는 충분할 것 같았습니다. 그런데 막상 두 달
정도 생활해보니 예상보다 물가가 훨씬 비싸서 제대로 교육받
고 생활하려면 400파운드 정도가 더 필요할 것 같습니다. 그래
서 포르반다르의 인연을 빌미로 선생님께 이렇게 도움을 청할
까 합니다.

라나 사헤브가 포르반다르를 통치할 때는 교육 지원이 거의 없
었지만 영국 정부 하에서는 교육에 대한 지원이 늘어났기를 기
대합니다. 그리고 저도 이러한 지원의 혜택을 받을 수 있기를
바랍니다. 선생님께서 지원해주신다면 이를 발판 삼아 더욱 막
중한 책임감으로 학업에 최선을 다할 것을 약속드립니다. 후원

금은 저의 형님인 랙스미다스 간디에게 보내면 되고, 필요한 경우 형님께 선생님을 직접 찾아뵈라고 부탁해놓았습니다. 좋은 소식 기대하고 있겠습니다.

존경을 담아,
M. K. 간디 올림

봉사대 강의
런던 어퍼 노우드, 1891년 6월 6일 「더 베지테리언」 기사

당초… 맥두얼 부인이… 봉사대 모임에서 강의할 예정이었으나 건강상의 문제로 참석하지 못하고 인도 출신 힌두교도 간디씨가 모임을 대신 진행했다. 간디씨는 약 15분 동안 인도주의적 관점에서 바라본 채식에 대해 강의했으며, 모임에 참석한 회원들에게도 채식을 권했다. 그는 마지막으로 셰익스피어를 인용하면서 강의를 마쳤다.

고등법원 수석 서기관과 사무장에게 보내는 편지
봄베이, 1891년 6월 17일

존경하는 수석 서기관과 사무장님,
고등법원 변호사 등록을 신청합니다. 저는 영국 법학원 이너 템

플에서 12학기를 수료하고 6월 10일까지 영국에서 법정 변호사로 있다가 지금은 봄베이에서 변호사 개업을 준비하고 있습니다. 법정 변호사 증명서를 동봉합니다. 영국 판사들이 봄베이 고등법원 규정에 익숙하지 않은 관계로 추천서를 받지는 못했지만, 영국 최고법원에서 법정 변호사로 계시는 W.D. 에드워드 씨의 추천서를 동봉합니다. 에드워드 변호사는 법정 변호사 시험 과목 중 하나인 『물권법 전서』의 저자이기도 합니다.

읽어주셔서 감사합니다.

존경을 담아,

M. K. 간디 올림

영국에서 봄베이로의 선박 여행 후 보낸 편지

(엄청난 양의 음식이 나온 것에 대해), 1891년 11월 30일

인간의 배가 곧 신이고, 위가 곧 신전이며, 살찐 배는 제단이고 요리사는 사제이다. (…)냄비 안에서 사랑이 타오르고 주방에서 믿음이 깊어지며 음식 안에 모든 희망이 숨어 있다. (…)누가 이렇게 호화스러운 연회와 만찬을 자주 베풀고 건강을 찬미했던가?

(「나탈 머큐리」의 사고 기사에 관해), 더반, 1893년 5월 26일

안녕하십니까?

오늘 귀사의 신문에서 '환영받지 못한 방문객'이라는 제목으로 저에 관해 다룬 기사를 보았습니다.

"어제 오후 한 인도인이 법원에 들어와 편자 모양 좌석에 앉았다. 옷을 말쑥하게 차려입은 것을 보니 인도 관련 사건에 참여하기 위해 프리토리아로 가는 영국인 법정 변호사인 것으로 보였다. 그는 법정에서 머리에 쓴 것을 벗지 않아 치안 판사의 반감을 샀다. 그에게 용건을 묻자 자신은 영국 변호사라고 답했다. 하지만 신임장을 제출하지 않고 자리로 돌아가 법정 변호사석에 앉기 전에 대법원의 허가를 받아야 했다."

나탈 입법 의회에 제출한 청원서

더반, 1894년 6월 28일

존경하는 나탈 식민지 입법 의회 의장과 의원님들께,
이것은 나탈 식민지에 거주하는 인도인들의 청원입니다.

1 청원자들은 나탈 식민지에 정착해 사는 인도 출신 영국 국민이다.

2 청원자들은 의회 의원 선거에 공식 등록한 유권자이다.

3 청원자들은 선거권법 개정안 제이독회第二讀會에 대한 신문 보도를 읽고 심각한 유감과 불안감을 표한다.

4 청원자들은 현재까지 제시된 이유는 선거권법 통과의 정당성을 설명할 수 없다고 생각하며 존경하는 의원님들이 다양한 발표자의 의견에 이의를 제기하기를 청원한다.

5 언론에 보도되었듯이 이번 법령은 (a)인도에는 선거권이 없고, (b)인도인은 선거권을 행사하기에 적합하지 않다는 이유로 통과되었다.

6 청원자들은 존경하는 의원님들이 실제 역사와 현실은 이와 반대로 흘러왔음을 알아주길 바란다.

7 인도는 앵글로색슨 민족이 대의제의 원리를 알기 훨씬 전부터 선거의 힘을 알고 행사해왔다.

나탈 식민지 총독에게 대표단 파견

더반, 1894년 7월 3일

존경하는 월터 헬리 허친슨 경, 성 미카엘-성 조지 훈위 중급 훈작사, 나탈 식민지 총독과 총사령관, 나탈 식민지 해군 중장, 원주민 최고 족장님께,

존경하는 각하,

1894년 7월 1일 더반의 주요 인도인 인사들이 참석한 가운데 열린 회의에서 나탈 식민지 입법 의회의 선거권법 개정안 제삼 독회第三讀會에 대한 여러분의 의견을 좀 더 기다려보라는 말을 전달받았습니다.

선거권법 개정안은 영국 국민이든 아니든 관계없이 투표자 명단에 이름이 올라 있지 않은 인도인은 유권자 자격을 갖지 못한다고 규정합니다. 이번 개정안은 매우 불공평한 처사이며 이대로 시행된다면 인도인에게 매우 불리하게 작용할 것입니다. 영국에서는 계급, 피부색, 종교에 관계없이 모든 국민이 투표권을 행사할 수 있습니다. 여러분을 너무 번거롭게 할 것 같아 여기에서 자세히 설명하는 대신 존경하는 의회에 제출한 청원서를 동봉하오니 자세히 살펴봐주시기를 부탁합니다. 읽어보시면 저희의 청원이 너무나도 당연하고 정당하다는 데 동의하실 것입니다. 존경하는 여러 각하께서 자애로운 여왕 폐하를 대신하여 인도 출신 영국 국민에게 투표권을 빼앗는 이 부당한 법안에 반대표를 던져주시리라 믿습니다.

더반, 1894년 11월 26일 이전

다음은 고故 애나 킹스퍼드 부인과 에드워드 메이틀랜드 씨가 정가로 판매할 수 있도록 제공해준 도서로, 남아프리카에는 처음 소개되는 것입니다.

『완벽한 길』, 7/6

『해를 입다』, 7/6

『새로운 복음서 해석 이야기』, 2/6

『새로운 복음서 해석』, 1/-

『성경 그 자체로』, 1/-

다음은 이 도서들에 대한 독자 의견입니다.

빛의 분수(『완벽한 길』), 자세한 설명과 조화로 (…)신을 공부하는 학생들의 필독서이다.

— 라이트, 런던

지난 백 년 동안 출판된 영어 서적 가운데 가장 은혜가 충만한 책이다.

— 오컬트 월드

사무실에 오시면 이 도서들을 소개하는 팸플릿을 무료로 나눠
드립니다.

M. K. 간디

기독교 연합 및 런던 채식 협회 지점

천상의 노래 중에서

(간디가 평생 애독하면서 자주 인용했던 『바가바드기타』의 시 구절)

"현명하지 못한 이들의 현명한 선택이란 무엇인가,

많은 이가 따를 훌륭한 행동은 무엇인가"

또한 고故 아베 콘스턴트의 편지에 인용된 시구도 좋아했다.

"인류는 언제나 어디서나 스스로 세 가지 질문을 던져왔다.

우리는 어디서 왔는가, 우리는 무엇인가, 우리는 어디로 가는
가?"

공개서한, 더반

1894년 12월 19일 이전

존경하는 입법부 명예 의원과 입법회의 명예 의원님께,

서한을 익명으로 보낼 수 있었다면 더욱 좋았겠지만, 이번 서한
의 내용은 매우 중요하고 민감한 사안이라 이름을 밝히지 않고

익명으로 보내면 오히려 비겁한 행동이 될 것 같습니다. 그에 앞서 이 편지가 스스로의 이익이나 인지도를 높이려는 악의적인 의도로 쓰인 것이 아니라는 점을 밝힙니다. 제가 이 편지를 쓰는 것은 오직 조국에 봉사하고, 유럽 사회와 식민지인 인도 사회가 서로를 더 깊이 이해할 수 있기를 바라는 마음에서입니다. 이는 각 지역사회를 대표하는 지도자 여러분이 적극적으로 협조하는 동시에 여론이 형성되어야만 가능할 것입니다.

그러므로 유럽인과 인도인 간에 분쟁이 지속된다면 의원님들께도 그 책임이 돌아갈 수 있습니다. 두 민족이 서로를 이해하고 분쟁 없이 평화롭게 공존할 수 있다면 의원님께도 큰 힘이 될 것입니다.

M. K. 간디 올림

다음은 1984년 간디가 제출한 선거권법 청원서의 일부이다.

인도의 실천적 종교

『인도 제국』의 저자는 인도의 철학과 종교를 이렇게 정리했다. "브라만은 자기 규율과 자선, 희생, 명상 등을 통한 실천적 종교를 추구한다. 하지만 종교는 영적인 삶 외에도 신에게 선과 악이 공존할 가능성, 현세에서 행복이 불공평하게 분배된 이유 등과 같은 지적 문제를 탐구한다. 브라만 철학은 여기에 그리스

로마 신화, 중세 스콜라 철학자, 현대 과학자를 난감하게 만든 질문까지도 함께 연구해왔다."

창조와 화해, 발전에 대한 다양한 가설은 모두 매우 구체적이다. 오늘날의 생리학자까지도 새로운 견해를 가지고 카필라의 진화론에 다시 관심을 보이고 있다. 1877년 인도에서는 종교 서적 1,192권과 심리학 및 도덕학 서적 56권이 모국어로 출판되었으며, 1882년 그 수치는 각각 1,545권과 153권으로 증가했다.

인간의 정신세계가 가장 발달한 곳, 인생의 중요한 문제를 가장 깊이 있게 고민하는 곳, 플라톤과 칸트를 공부한 학자들의 시선을 사로잡을 정도로 훌륭한 해답을 찾아낸 곳이 어디냐고 묻는다면 나는 인도라고 답할 것이다. 그리스와 로마, 그리고 유대인의 영향을 크게 받은 유럽에서 더욱 완벽하고, 다양하며, 보편적이고, 인간적인 영적 생활을 탐구하려면 어떤 문헌을 참고해야 하느냐는 물음에도 역시 인도라고 말할 것이다. 독일 철학자 쇼펜하우어는 고대 인도의 철학서 우파니샤드에 기록된 인도 철학의 위대함을 이렇게 칭송했다. '문장 하나하나에 심오하고 독창적이며 숭고한 사상과 신성하고 진정한 정신이 깃들어 있다. 인도의 대기가 우리를 둘러싸고, 같은 관심사를 공유하는 독창적인 사고 (…)독창적인 것을 제외하면 우파니샤드처럼 유익하고 뛰어난 학문은 어디에도 없다. 우파니샤드는 나의 삶에 위안이 되었고 생의 마지막 순간까지도 위안을 줄 것이다.'

인도의 과학

윌리엄 존스 경은 인도의 과학을 이렇게 평했다. "유럽 학자들이 산스크리트어를 연구하면서부터 시작된 현대 철학과의 우발적 유사성을 토대로 서양 문법학자들이 인도어에 접근하면서 언어의 과학은 기초적인 수준으로 떨어졌다. (…)산스크리트어에서 나타나는 모든 현상을 논리적으로 설명하는 파니니 문법은 다양한 문법 가운데서도 최고 수준을 자랑하며, 나아가 인류 발명과 산업 역사에서 최고의 성과로 손꼽힌다."

저명한 역사학자 메인 경은 리드 강연에서 이렇게 말했다. "전 세계 학계에 비교철학을 선물했던 인도가 이번에는 언어 과학과 민속학만큼이나 중요하고 새로운 과학을 소개해주려고 한다. 일부에서는 이를 비교법학이라고 부르는데, 설령 이 과학이 이전부터 존재했더라도 인도로 인해 그 범위가 훨씬 광범위해질 것이므로 이를 비교법학으로 부르기가 망설여진다. 인도에는 공통 모국어에서 파생된 언어 가운데 가장 오래된 아리아어와 전 세계 어느 지역보다 일찍 발전한 아리아의 제도와 관습, 법률, 신앙이 있다."

그는 인도의 천문학에 대해서도 언급했다. "브라만의 천문학은 때로는 지나치게 과대평가, 때로는 지나치게 과소평가 받아왔다. (…)브라만은 한때 그리스보다 천문학이 발달했었다. 이들의 명성은 유럽에까지 알려졌으며『크로니콘 파스칼레』에도 영향을 미쳤다. 8세기와 9세기에는 아랍에서 이들의 천문학을 배워가기도 했다. 윌리엄 경의 말을 다시 인용하자면 브라만은 서구 세계의 도움 없이 대수학과 수학을 높은 수준으로 끌어올렸다. 10진법을 발명한 것도 이들이며 (…)나중에 아랍에서 힌두의 수학을 빌려와 유럽에 전파했다. (…)1867년 인도에서는 수학 서적 89권이 모국어로 출판되었으며 1882년 그 수치는 166권으로 증가했다."

메인 경은 인도 의학을 이렇게 평했다. "브라만은 의학 또한 독자적으로 발전시켰다. (…)파니니 문법에 나타나는 질병 이름을 보면 파니니가 생존했던 기원전 350년 이전에 인도에서 의학이 발전했다는 것을 알 수 있다. (…)아랍 의학은 산스크리트어 문헌 번역본을 기초로 하여 세워졌으며 (…)유럽 의학은 17세기가 되어서야 아랍 의학을 토대로 발전했다. (…)1877년 인도에서는 의학 서적 130권이 모국어로 출판되었으며 1882년에는 의학 서적 212권과 자연 과학 서적 87권이 출판되었다."

그는 인도의 전술 역사도 소개했다. "브라만은 의학뿐 아니라 전술과 건축도 신성한 학문으로 여겼다. (…)산스크리트 서사시는 예수가 태어나기 전부터 전략을 학문으로 인정했으며 이후 아그니 푸라나가 전술을 체계화했다."

인도의 예술

인도 음악은 더욱 다양한 영향을 미쳤다. (…)기보법은 브라만에서 페르시아를 거쳐 아라비아에 전파되었고 11세기 초 구이도 다레초가 유럽에 이를 소개했다. 윌리엄 경은 인도 건축을 이렇게 평가했다. "인도의 불교도는 석조 건축술에 뛰어났다. 불교 사찰과 성지는 바위를 깎아 만든 초기 사찰부터 화려한 장식의 자이나교 사찰에 이르기까지 22세기 동안 걸어온 인도의 예술 역사를 보여준다. 인도 불탑이 유럽 교회의 첨탑에 영향을 미쳤다고도 볼 수 있을 것이다. (…)힌두교의 예술은 경탄과 존경을 받을 만하다.

괄리오르 궁전, 이슬람 모스크, 아그라와 델리의 묘, 인도 남부의 오래된 힌두교 사원들은 타의 추종을 불허하는 화려하고 우아한 장식을 자랑한다. 오늘날 영국의 장식 예술은 인도 예술에 영향을 받았다. (…)전통 디자인에 충실한 인도의 예술 작품은 아직도 유럽에서 그 가치를 크게 인정받고 있다."

앤드루 카네기는 그의 저서 『세계 일주』에서 아그라의 타지마할에 대해 이렇게 언급했다.

"세상에는 인간이 감히 연구하거나 입에 올리기에는 너무나도 성스러운 대상이 있다. 나는 인간이 만든 조형물 중에서도 성스럽다고 칭할 수 있을 만큼 훌륭하고 아름다운 대상이 있을 줄은 미처 몰랐다(…). 타지마할은 차가운 백색 대리석이 아닌 따뜻하고 친근한 느낌의 아이보리색 대리석으로 되어 있다(…). 어느 유명한 비평가는 타지마할에는 남성다움은 전혀 없고 여성다움만이 가득한 건물이라고 평했다. 아이보리색 대리석 건물 타지마할에는 검은색 고급 대리석으로 코란 구절이 새겨져 있다(…). 강가나 숲 속을 산책하는 중에 달이 뜨고 가장 신성하고 고귀한 빛이 고요한 내 마음을 비추면 마음속 보물창고에 고이 숨겨놓은 아름다운 타지마할의 모습이 떠오를 것이다."

인도는 성문법과 불문법을 모두 채택하고 있다. 『마누법전』은 예전부터 공정하고 정확하기로 유명하다. 메인 경은 '브라만의 관점에서 바라본 이상적인 법률'이라며 『마누법전』의 형평성을 높이 평가했고, 핀콧 씨는 1891년 『내셔널 리뷰』에서 『마누법전』을 '철학적 법률'이라고 언급했다.

인도의 극예술
인도는 극예술 문화가 매우 발달했다. 괴테는 인도의 유명한 희곡 〈샤쿤탈라〉를 이렇게 평했다.

"젊은 날의 꽃, 그리고 꽃이 져버린 자리에 맺힌 열매가 아닌가?
모든 영혼을 매료시키고 취하게 하네.
지상과 천상에서 하나의 이름으로 불리지 않는가?

나는 그대를 샤쿤탈라라 부르리.”

인도의 사회생활

인도인의 특징과 사회생활을 분석한 자료는 매우 방대하다. 헌터는 저서 『인도 제국』에서 이렇게 말했다. “그리스 대사(메가스테네스)는 인도에는 노예가 없고, 여성들은 순결하며, 남성들은 용감하다고 평했다. 인도인은 다른 아시아 민족보다 용감하고, 대문을 잠글 필요가 없으며, 무엇보다 거짓말을 하지 않는 것으로 알려져 있다. 인도인은 차분하고 근면하며 훌륭한 농부이자 장인이다. 그들은 법에 의지하지 않고 족장의 지도로 평화롭게 살아간다. 인도는 마누에 설명된 대로 왕정 국가이며 카스트에 따라 직업이 세습된다. (…)인도의 각 마을은 마치 그리스 독립 공화국처럼 운영된다.”

인도 국민

히버 주교는 인도 국민을 이렇게 설명했다. “인도인은 매우 용감하고, 겸손하며, 지적이고, 지식과 발전에 대한 열정이 대단하다(…). 그들은 진지하고 근면하며 부모에게는 효심이 강하고 자녀에게는 자애롭고 온유하다. 인내심이 강하며, 친절에 감사할 줄 알고 지금껏 내가 만난 그 어떤 이들보다 자신의 욕구와 감정에 높은 관심을 보인다.”

마드라스 지역 총독이었던 토머스 먼로 경은 이렇게 말했다. "인도인을 문명화한다는 의미를 잘 모르겠다. 좋은 정부라는 관점에서는 부족할지도 모르지만 문명의 척도가 될 수 있는 다른 분야에서는 결코 유럽인에 뒤지지 않는다. 인도는 건축술과 제조술이 뛰어나고, 학교에서는 읽고 쓰기를 가르치며, 친절과 호의를 실천하고, 무엇보다 여성을 존중할 줄 안다."

인도인의 특징

인도인은 인내심이 강하고, 검소하며, 근면하고, 강인하며, 준법 정신이 강하고, 평화를 사랑한다. (…)고등교육을 더 받은 상인 계급은 매우 정직하고, 성실하며, 영국 정부에 충성을 다한다. 계급이 높은 봄베이의 세티아(상류층)는 유럽의 튜턴족만큼 정직하다. 간단히 말하자면 우리는 거짓 기준을 증거로 우리가 인도인보다 우월한 척하지만 실제로는 그렇지 않다.

트리벨리언 경은 "인도인은 행정 능력이 매우 뛰어나고 인내심이 강하며, 근면하고, 매우 정확하고, 지적이다"라고 말했다.

헌터 경은 인도인의 가족 관계를 이렇게 설명했다. "영국인과 힌두교인의 가족애를 단순 비교하기에는 무리가 있다. 영국에서는 자녀에 대한 부모의 사랑과 부모에 대한 자녀의 사랑이 대등한 경우가 거의 없다. 하지만 동양에서는 부모와 자녀 간의 사랑이 남녀 간의 열정처럼 상호 대등할 수 있다."

그리고 핀콧 씨는 "영국인은 모든 사회적 측면에서 힌두교도의 스승이 아닌 제자가 되어 배우는 것이 적합하다"라고 말했다.

루이 자콜리엇은 "고대 인도의 땅, 인류의 요람이여 만세! 수 세기 동안의 침략에도 유서 깊고 훌륭한 그대의 보호자는 망각의 먼지로 사라지지 않았구나. 믿음과 사랑, 시, 과학의 고향이여! 서양의 미래에서 그대의 과거가 되살아나기를!"이라고 찬양했다.

빅토르 위고는 "이 국가들이 유럽, 프랑스, 독일을 만들었다. 서양에 독일이 있다면 동양에는 인도가 있다"라고 평했다.

그 외에도 인도는 도덕적으로 가장 신성한, 예수 다음으로 신성한 인생을 살았다고 평가받는 부처가 탄생한 곳이다.

나탈 인도인의 상황

나탈 식민지로 건너온 인도의 계약 노동자는 입에 풀칠하기도 어려운 임금을 받으면서 낯설고 배타적인 환경에 살고 있다. 이 인도인들이 도덕 교육을 받지 못하고 식민지에 정착했다는 것은 인도를 떠날 당시의 도덕적 수준으로 평생을 살아가야 함을 의미한다. 힌두교도이든 이슬람교도이든 이들은 이름에 걸맞은 도덕 또는 종교적 가르침을 받지 못했으며, 타인의 도움 없이 혼자 독학할 수 있을 만큼 배우지도 못했다. 그러다 거짓말이라는 유혹에 넘어가고 어느새 특별한 이유나 이득이 없는데도 습관적이고 병적으로 거짓말을 하게 된다. 이러한 상태가 그대로 방치되다 보면 도덕성이 완전히 무너지는 시점에 도달하게 된다. 또한 형제나 동료들이 이유 없이 학대를 당하거나 고용주에게 학대당할 것이 두려워 진실을 말하지 못하고 거짓말하는 경우도 있다. 이들은 임금이 깎이거나 체벌을 받을 수도 있다는 위협을 침착하게 받아들일 만큼 철학적이지 않으며, 감히 고용주에 반하는 증거를 제시하지도 못한다. 그렇다면 이들은 동정의 여지가 전혀 없거나 당연히 멸시받아야 하는 존재인가? 아니면 동정할 수밖에 없는 가여운 존재인가? 이들과 똑같은 상황에 처했어도 다르게 행동할 계급이 과연 있을까?

유럽인에게 보내는 공개서한

더반, 비치 그로브, 1894년 12월 19일

친애하는 여러분,

공개서한에 대한 여러분의 의견을 구합니다. 서한은 자세히 읽어보실 수 있도록 별도 첨부하였습니다. 공개서한은 모두에게 중요한 주제를 다루고 있습니다. 여러분이 예수의 가르침을 세상에 전파하는 성직자라면, 어떤 식으로든 그의 가르침에 반하는 이웃을 교화하도록 도와야 할 책임이 있습니다. 여러분이 언론인이라면 성직자와 마찬가지로 막중한 책임이 있습니다. 자신의 영향력을 어떻게 사용하느냐에 따라 계급 간의 분열을 조장하여 상황을 악화시킬 수도 있고 화합을 꾀하여 인류 진화에 공헌할 수도 있습니다. 공직자도 같은 책임을 지고 있습니다. 상인이나 법률가라면 소비자와 고객으로부터 금전적 이익을 취하는 만큼 이들에게 빚을 갚아야 할 의무가 있습니다. 여러분이 사회의 무관심 속에서 힘들게 식민지 생활을 하고 있는 인도인에게 얼마만큼의 관심을 기울이냐에 따라 이들이 노예가 될 수도 있고, 이웃이 될 수도 있습니다. 호의적인 관점에서 식민지 생활을 하고 있는 인도인과 가깝게 지내면 수많은 유럽인이 그랬듯이 여러분도 그들의 솔직한 모습을 볼 수 있을 것입니다. 여러분의 의견은 부당한 대우를 받고 있는 식민지인의 처지에 동조하거나 안타깝게 생각하는 유럽인이 얼마나 되는지 판단하는 중요한 척도가 될 것입니다. 많은 협조 부탁드립니다.

존경을 담아,

M. K. 간디 올림

남아프리카 공화국 프리토리아 대표에게 보내는 편지

존경하는 대표님께,

프리토리아에서 인도인이 거주하거나 상거래를 하는 것에 반대하는 남아프리카의 일부 유럽인에 대해 말씀드리고 싶습니다. 이들이 인도인 자체를 배척하는 것과 관련하여 우리 시민들이 여기에 서명을 했습니다. 프리토리아에 완전히 정착하여 법을 준수하며 평화롭게 살고 있는 훌륭한 인도인의 권리를 인정해줄 것을 간곡하게 부탁합니다. 가난한 서민들에게 이곳 인도인들은 진정한 축복이라고 할 수 있습니다. 인도 상인들은 조용하고 성실하게 일하면서 생필품 가격을 낮춰왔습니다.

정부가 상업 중심지에서 인도인을 철거시킨다면 생필품 가격이 올라 이들의 상점을 이용하는 시민들에게 큰 부담이 될 수 있습니다. 다시 말해서 인도인, 특히 상인과 행상인의 자유를 제한하고 이들을 몰아내려는 시도는 유럽 시민의 불편과 불만을 초래할 것이 분명하므로 트란스발에서 인도인이 쫓겨나는 일이 없도록 조치해주시기를 바랍니다. (시민 다수의 서명)

엘긴 경에게 제출한 청원서

(1895년 5월 30일 자코버스 드 웨트 경이 케이프타운 고등 판무관에게 제출)
1895년 5월 5일 이전, 인도 캘커타 총독 및 총독부

존경하는 엘긴 백작님께,
남아프리카 공화국에 거주하는 인도인들의 청원입니다.

청원자들은 남아프리카 공화국 인도인 공동체를 대표하여

인도계 영국인의 처우에 대한 의견을 제안합니다.

청원자들은 이미 인도계 영국인 1만 명 이상이 서명한 청원서(1895년 5월 리폰 경에게 제출)를 식민지 장관에게 제출했습니다. 따라서 본 청원서에서는 같은 내용을 반복하는 대신 이전의 청원서를 별도로 첨부합니다. 청원자들은 심사숙고 끝에 남아프리카 공화국은 물론 남아프리카 전 지역에 걸쳐서 인도인의 처지를 개선하고, 남아프리카에 살고 있는 인도인이 아무런 잘못 없이 원주민과 같은 지위로 전락하는 사태를 막아야 한다고 생각합니다. 그러기 위해서는 여왕 폐하를 대신하여 인도 전체를 다스리는 총독님께 직접 도움을 구하는 방법밖에 없다는 결론에 도달했습니다.

만약 어떤 지성인이 남아프리카를 처음 방문했을 때 어떤 계층의 사람들은 부동산을 소유할 수 없고, 통행증 없이 주를 돌아다닐 수 없고, 무역 거래를 목적으로 입국하자마자 별도의 등록세를 내야 하고, 무역 면허를 취득할 수 없고, 시내에 거주하거나 상거래를 하지 못하게 될 것이고, 밤 9시 이후에는 집 밖에 나갈 수 없다는 말을 듣는다면, 어떻겠습니까? 당연히 그 계층의 사람들은 정말로 악한 무정부주의자며 국가와 사회에 위험을 가하는 존재이기 때문에 그런 대우를 받고 있다고 생각할 것입니다.

채식주의 선교사 동맹

영국에 있을 때 애나 킹스퍼드의『완벽한 식이요법』을 읽고 남아프리카에도 채식주의자로 구성된 트라피스트회[침묵과 금욕을 엄격하게 지키는 수도회]가 있다는 것을 처음 알았다. 이후로 트라피스트회를 만나기를 계속 바랐는데 드디어 바람이 이루어지게 되었다. 남아프리카, 그중에서도 특히 나탈은 채식을 실천하기에 매우 좋은 조건을 갖추고 있다. 인도인은 나탈을 남아프리카의 정원으로 가꾸었다. 토양이 비옥하여 거의 모든 농작물을 재배할 수 있으며 특히 바나나, 파인애플, 오렌지는 거의 일 년 내내 재배할 수 있어서 수요보다 많은 양이 공급되고 있다. 이러한 나탈에서 채식주의자가 늘어나는 것은 어찌 보면 당연하다고 할 수 있다.

나탈 보고서

인도인 의회, 1895년 8월

출범 배경

1894년 6월 나탈 정부가 선거권 수정 법안을 입법 의회에 제출했는데, 이것은 식민지 생활을 하고 있는 인도인의 존재를 위협하는 것으로 인식되었다. 식민지인으로 살고 있는 인도인들은 메서스 다다 압둘라 사社에서 법안 통과를 저지하기 위한 대책

회의를 열었다. 더반에서 버그로 갔던 대표단이 상하원 의원을 만나 수정 법안을 저지하기 위한 청원서를 제출했으나 결국 법안은 통과되고 말았다. 법안 통과에 불안을 느낀 식민지인들은 입법 활동에 대처하고 자신들의 이익을 보호할 수 있는 영구 기관이 필요하다는 데 의견을 모았다.

메서스 다다 압둘라에서 여러 번의 예비 회의를 거친 후 8월 22일에 뜨거운 성원 속에서 나탈 인도인 의회가 공식 출범했다. 이날 행사에는 인도 공동체의 주요 인사가 모두 참여했으며 76명이 회원으로 가입했다.

나탈의 채식주의
(봄베이 공청회 연설)

우리는 나탈은 물론 남아프리카 전체에서 힘든 싸움을 해나가고 있습니다. 하지만 더 건강하고 경제적이고 실용적으로 채식을 실천할 곳은 많지 않습니다. 채식은 현재 경제적이지도 않은데다 매우 강한 자제력을 필요로 하기 때문에 진정한 채식주의자가 되기란 거의 불가능해 보일 것입니다. 제가 채식을 권하면 대부분의 사람들이 "채식 식당이 많은 런던에서라면 몰라도 여기 남아프리카에는 채식 식당이 거의 없는데 어떻게 채식을 실천하겠느냐?"라고 되묻습니다. 하지만 남아프리카는 아열대 기후로 과일과 채소가 풍부해 다른 어느 곳보다도 채식에 적합한 곳입니다. 물론 남아프리카에 채식 식당이 거의 없는 것은 사실입니다. 최고급 호텔에 가도 점심에 나오는 채소라고는 형편없는 감자 요리뿐입니다. 저녁에는 종류가 한 가지 정도 늘 수도 있지만 상황은 크게 다르지 않습니다. 과일과 채소가 풍부한 남아프리카의 정원에서 채식 요리가 이 정도밖에 안 된다는 것은 매우 안타까운 일입니다.

1896년 9월 26일

남아프리카는 요하네스버그에서 거대 금광이 발견되고 제임슨 습격[1895년 12월~1896년 1월] 사건이 발발하면서 최근 갑자기 주목을 받고 있습니다. 저는 남아프리카에 거주하는 10만 명의 인도계 영국인의 뜻을 담아 청원서를 제출한 이들을 대표하여 이 자리에 섰습니다. 오늘 청원드릴 내용은 매우 중요한 사안입니다. 하지만 저는 원래 말을 잘하는 사람이 아니라서 청원서의 발표자, 아니 그저 낭독자로서 서 있는 것이니 미숙함이 있더라도 너그럽게 이해해주시길 바랍니다. 남아프리카 인도인의 고충은 본국 인도인의 향후 안녕과 이민에도 큰 영향을 미치기 때문에 10만 인도인의 이해는 3억 인도인의 이해와 밀접하게 관련되어 있다고 할 수 있습니다. 따라서 인도는 이를 시급한 문제로 인식하고 해결책을 찾아야 할 것입니다.

1896년 10월 13일 편지

내일 마드라스로 가서 2주가량 머물 예정입니다. 마드라스에서 일을 마치면 캘커타에 가야 하기 때문에 봄베이로 돌아오는 것은 한 달 후가 될 것입니다. 그 후에는 나탈로 가는 첫 배를 탈 것입니다. 지난번 나탈에서 받은 신문을 보고 싸움이 끝나려면 아직 멀었다는 것을 다시 한 번 확인했습니다. 하지만 그만큼 가치 있는 싸움이라고 확신합니다.

더반에서의 송별회 연설

(1901년 10월 16일 「더 나탈 애드버타이저」 기사), 1901년 10월 15일

(간디가 인도로 돌아가기 전날 밤, 인도인 의회를 비롯한 여러 인도 단체와 유럽인 인사가 참여한 가운데 더반 의사당에서 송별회가 열렸다.)

간디는 훌륭하고 멋진 연설을 한 것에 대한 보답으로 각계에서 보내준 선물에 가슴 깊이 감사를 표하고 자신이 이런 대접을 받을 자격이 있는지 모르겠다고 화답했다. 7~8년 전 이들은 원칙을 세웠고 정해진 원칙에 따르겠다는 맹세를 선물로 받았다. 나탈 인도인 의회는 힘들고 어려운 상황에서도 식민지의

유럽인과 인도인 간의 이해를 증진시키기 위해 노력해왔다. 특히 최근에는 선거 기간을 맞아 인도인을 비방하는 연설이 많아졌다. 남아프리카는 백인의 나라가 아니다. 백인 형제가 아닌 대영제국 형제의 나라이다. 제국의 친구는 이를 알아야 할 것이다. 영국은 동양에서 물러나지 않을 것이고, 커즌 경이 말했듯이 인도는 영국 황실에서 가장 빛나는 보석이다. 인도인은 자격을 갖춘 지역 사회 구성원으로 인정받기를 바란다. 인도인 의회에서 처음처럼 꾸준히 노력한다면 안개가 걷히고 서로를 보다 잘 이해할 수 있는 날이 올 것이다. 이날 송별회는 동포들에게 응원의 뜻을 전하는 간디의 모국어 연설로 끝을 맺었다.

간디에게 보내는 편지

1901년 10월 15일

법정 변호사이며, 명예 서기이자 나탈 인도인 의회 의원인 모한다스 카람찬드 간디 선생님께,

저희 서명인은 나탈의 모든 인도인을 대표하여 지난 8년간 이곳 식민지 동포를 위해 일해주신 선생님의 노고와 자기희생, 열정, 봉사에 대한 감사의 표시로 인도로 떠나기 전날 밤에 식장에서 선생님께 인사 말씀을 올리도록 허락해주시기를 간청합니다.

선생님은 그동안 저희에게 수많은 교훈을 주셨습니다. 저희는 선생님이 보여주신 숭고한 가르침을 언제나 따르도록 최선을 다할 것입니다. 선생님은 숭고한 이상에 따라 행동하고, 신념을 굽히지 않고 의무를 다함으로써 언제나 최선의 길을 보여주셨습니다. 저희는 선생님을 존경하는 것이 곧 저희 자신을 존중하는 것이라고 생각합니다. 인도에서 일을 모두 마치시면 선생님이 다시 저희와 함께 일할 수 있기를 진심으로 바랍니다. 마지막으로 인도까지 즐거운 여행이 되기를 바라며 신의 은총이 함께하기를 기도합니다.

사랑과 존경을 담아,

압둘 카디르 및 일동

2

인도에서의 투쟁

1915~1919

남아프리카에서의 투쟁을 성공적으로 마친 간디는 1915년 완전히 귀국하였다.
첫 일자리를 얻어 남아프리카로 떠난 지 22년 만의 일이었다.
400년간 이어진 영국의 식민지 지배로 인한 조국의 참담한 현실 앞에서 고뇌하던 그는
'사티아그라하 아시람'을 설립하고 평생에 걸쳐 국가에 봉사하는 방법을 가르쳤다.
「영 인디아」와 「나바지반」을 통해 공공 활동을 개시하였고 인도 해방을 위한
시민 불복종운동을 펼쳤다. 인도 전역에 퍼져 있는 가난을 해결하고자
가내공업 부흥 정책을 도입, 국내 산업을 부흥하고 영국 제품을 배척하자는
스와데시 운동을 펼치기도 했다.

1915년 4월 15일

간디 선생은 남아프리카로 돌아가 투쟁을 계속했지만, 1915년 영구 귀국하여 인도의 독립운동을 준비하기 시작했다.

앞으로의 활동에 대한 질문에 간디 선생은 조국에 어떻게 봉사할지 계획하기 전에 친구의 조언대로 인도 전역을 돌아볼 것이라고 답했다.

수양자들에게 보내는 조언

(마투라다스 트리쿰지에게 보내는 편지 일부), 1915년 2월 7일

정직과 금욕, 비폭력, 불투도, 무소유는 수양하는 이들이 지켜야 하는 인생의 5계명으로 전 세계 모든 사람이 이 5계명에 따라 살아야 합니다. 사업가라고 해서 거짓을 말하거나 행동해서는 안 되고, 결혼했다고 해서 순결을 무시해서는 안 됩니다. 또한 살아 있는 동안 비폭력을 실천해야 합니다. 세상을 살아가면서 남의 물건을 탐하지 않고 부나 재산에 욕심을 버리는 것은 무척 어렵습니다. 하지만 우리는 이를 이상으로 삼고 이 일에만 매진해야 합니다. 마음에서부터 폭력이나 재물을 멀리하면 최고의 금욕 생활에 도달할 수 있을 것입니다. 그리고 이들 계명을 준수한다면 모든 번뇌에서 벗어날 수 있을 것입니다.

'비폭력'을 잘 이해하고 있구나. 비폭력은 다야(연민), 아크로다 (분노로부터 벗어남), 아만(존경받고 싶은 욕망에서 벗어남) 등에 기반을 두고, 사티아그라하(정치적 투쟁)는 이러한 비폭력을 토대로 한단 다. 우리는 캘커타에서 이를 확실히 목격했고, 비폭력을 우리의 계명으로 삼고 지키자고 맹세했지. 그리고 이를 시작으로 야마 [위대한 도덕 또는 종교적 의무나 계명으로 집단에 따라 부르는 이름이 다르지 만 보통 정직, 비폭력, 연민, 금욕 등 10가지 항목으로 이루어져 있음]도 함께 지켜야 하지. 또 이를 계명으로 지킬 때 비폭력의 내적 중요성 을 깨닫게 된다는 것도 알게 되었단다. 나는 이곳에서 많은 사 람들과 이야기를 나눌 때 다양한 형태의 야마를 가장 중요하게 여기고 있단다.

　이번 일을 계기로 캘커타에서의 일을 더 신중하게 생각해보 았는데, 이 계명들을 지키면 인도는 물론 우리 모두가 자유롭게 해방될 수 있다는 확신을 하게 되었단다. 무소유의 덕목을 지키 는 데 가장 중요한 것은 꼭 필요한 것 외에는 재물을 얻지 않으 려는 마음가짐이란다.

(인도에서 국가 이상으로 많이 불리는 「반데 마타람」의 작사가 반킴 찬드라 차터지에
대해), 1915년 4월

반킴 찬드라 차터지는 우리 조국 인도를 달콤한 향기가 나고,
달콤한 언어를 사용하며, 모든 일에 능하고 진실하며, 젖과 꿀
이 흘러 과일과 곡식이 풍성하게 자라고, 위대한 황금기에서나
그려볼 수 있는 민족이 살고 있는 땅으로 묘사했습니다. 그는
전 세계와 전 인류가 물리적 힘이 아닌 영혼의 힘으로 포용해
야 하는 땅을 그려냈습니다. 그가 그린 찬가를 우리가 부를 수
있을까요? 저는 스스로에게 물어보았습니다. 「반데 마타람」을
듣고 정정당당하게 일어설 수 있는가? 반킴 찬드라 차터지는
단순히 예언으로만 남아 있던 단어를 사용해 우리의 조국 인도
를 설명함으로써 우리가 이들 단어의 진정한 의미를 이해할 수
있도록 도와주었습니다. (…)시인이 우리의 조국 인도를 대신하
여 제기한 권리를 여러분과 제가 지켜내야 합니다.

「더 힌두」 기사, 1915년 5월 1일

어제 트랜퀴바에서는 간디 부부의 귀국을 환영하는 환영회가
열렸다. 여기에는 소극적 저항에 뜻을 함께하는 다양한 계급의

대표자 2천여 명이 참석했으며, 수브라마니암 법정 변호사가 환영사를 전했다.

간디는 참석자들에게 합법적인 시위가 필요할 때는 언제 어디서나 소극적 저항을 행사해달라고 호소했다. 간디의 연설은 현장에서 동시통역되었으며 참석자들은 이를 열심히 경청하는 분위기였다. 이어서 존경하는 스리니바사 사스트리 의원이 국가를 위해 봉사하라는 내용으로 연설을 진행했다.

'불가촉천민'에 관한 연설
마야바람에서, 1915년 5월 1일

저는 이제 진정한 힌두교가 무엇인지 배우려고 합니다. 지금까지는 해외에서 힌두교를 배우면서 국민의 상당수를 일명 '불가촉천민'으로 분류하는 것은 진정한 힌두교가 아니라고 생각해왔습니다. 만약 이것이 진정한 힌두교라면 저는 힌두교 자체에 반기를 들겠습니다. ("옳소! 옳소!") 저는 죽는 날까지도 이것이 힌두교의 본질이 아니라고 믿을 것입니다. 그렇다면 불가촉천민 계층은 누가 책임져야 할까요? 브라만 계급은 언제 어디서나 최고의 권리를 누린다고 들었는데 오늘날 그들이 최상의 권리를 누리고 있나요? 만약 그렇다면 브라만 계층은 그 책임을 져야 할 것입니다. 이것이 바로 제가 오늘 선언하는 보답이고,

여러분이 보내준 사랑에 대한 저의 보답입니다. 저는 아내와 가족, 친구를 모두 사랑하지만 우회적인 방식으로 이를 표현할 때도 있습니다. 따라서 여러분의 사랑에 보답하는 저의 방법은 아마도 여러분이 들을 준비가 되어 있지 않은 몇 가지를 제안하는 것입니다. 저는 지금이야말로 브라만 계급이 본래의 특권을 되찾을 기회라고 생각합니다. 『바가바드기타』의 아름다운 구절이 떠오르지만, 지금은 이 구절을 낭독하기에 적절한 상황이 아니므로 이렇게 말하면 어떨까 합니다. "진정한 브라만은 권력자와 불가촉천민을 똑같은 마음으로 대해야 한다." 마야바람의 브라만은 이러한 마음을 가지고 있습니까?

방갈로르에서의 연설
1915년 5월 1일

현대 문명이라는 저주

현대 문명은 유럽뿐 아니라 인도에서도 저주로 작용하고 있습니다. 전쟁은 이러한 현대 문명의 직접적인 결과로, 모든 세력이 이번 전쟁을 준비해왔습니다.

위대한 도덕적 힘

소극적 저항은 약하지만 강한 도덕적 힘을 의미합니다. 영혼은 그 자체에 따라 힘이 다릅니다. 이상은 실제에 적용되어야 하며, 그렇지 않으면 소용이 없습니다. 현대 문명은 폭력입니다. 이상을 아는 것과 실천하는 것은 다릅니다. 이상을 실천하면 더 훌륭한 규율을 갖추게 되고, 그러면 봉사가 늘어 국가에 유익이 됩니다. 소극적 저항은 매우 강력합니다. 영혼은 닫혀 있지 않기 때문에 어떤 생각이든 포용할 수 있습니다.

세 가지 악

돈과 땅, 여자는 우리가 대항해야 하는 악의 근원입니다. 이 세 가지가 없더라도 풍요로운 생활을 누릴 수 있습니다. 남들이 불안해한다고 덩달아 불안해할 필요는 없습니다. 이상을 실천한다면 악의적인 활동은 줄고, 공공을 위한 활동은 늘어날 것입니다.

아시람 설립 초안

1915년 5월 20일 이전에 작성

목표

아시람은 평생에 걸쳐 국가에 봉사하고 아시람에 봉사하는 방법을 배우는 것을 목표로 한다.

구성원

아시람은 감독, 수련생, 학생 등으로 구성되어 있다.

(1) 감독

감독은 국가에 봉사하려면 일상에서 다음을 준수해야 한다는 신념 아래 얼마 전부터 이를 실천하고 있다.

1. 진리의 서약

거짓말을 하지 않는 것으로는 충분하지 않다. 조국을 위해서라 할지라도 위선을 행해서는 안 된다. 프라흐라드Prahlad를 모범으로 삼아 부모님과 어른들을 공경하는 법을 배워야 한다.

2. 비폭력의 서약

살생을 금하는 것으로는 충분하지 않다. 부당하다고 생각될 때에도 생명을 빼앗지 않으며 화를 내지 않고 사랑해야 한다. 따라서 부모나 정부 등 대상에 관계없이 모든 폭정에 대항해야 하지만, 폭군을 해해서는 안 된다. 진리와 비폭력을 추구하는 이들은 사티아그라하[무저항 불복종]를 실천하고 사랑으로 승리해야 한다. 불복종으로 사형을 선고 받는다고 하더라도 폭군이 무릎을 꿇을 때까지 충분히 인내해야 한다.

3. 금욕의 서약

금욕하지 않는다면 앞서 말한 두 가지 서약을 지킬 수 없다. 금욕은 여성을 탐욕스러운 눈길로 바라보지 않는 것만으로는 충분하지 않다. 마음에서도 동물적인 욕정을 모두 버려야 한다. 결혼한 부부간에도 성관계를 멀리하고 평생의 반려자로서의 순수한 관계를 유지해야 한다.

4. 식욕 조절

식욕을 억제하지 못하면 앞서 언급한 서약, 특히 금욕의 서약을 지키기 어렵다. 따라서 국가에 봉사하고 싶다면 식욕 억제를 별도의 규율로 지켜야 한다. 식사는 오직 건강을 유지하기 위한 것으로 매일 식단을 조절하고 정화해야 한다. 동물적 욕구를 자극하는 음식은 가능하다면 즉시 또는 서서히 중단해야 한다.

5. 불투도의 서약

다른 사람의 소유물을 훔치지 않는 것으로는 충분하지 않다. 매일 필요한 물건은 자연에서 얻을 수 있고, 필요한 것보다 많은 음식과 옷을 사용한다면 이는 절도 행위로 간주된다.

6. 무소유의 서약

많은 것을 소유하지 않는 것으로는 충분하지 않다. 우리 몸을 보호하고 건강을 유지하기 위해 반드시 필요한 것 외에는 어떤 것도 소유하지 말아야 한다. 만약 의자 없이 생활할 수 있다면 의자를 소유하지 말아야 하는 것이다. 이 서약을 맹세한 이들은 간소한 생활을 지속적으로 지향해 나가야 한다.

보조 서약

그 외에도 다음 세 가지 서약을 지켜야 한다.

1. 스와데시(인도의 국산품 애용 운동)의 서약

생산자가 진실하지 않거나 제조 과정에 거짓이 있는 제품은 사용하지 않는다. 제조사가 진리를 따르고 있는지 확신할 수 없다면, 맨체스터나 독일과 같은 해외는 물론 인도에서 제조된 제품일지라도 사용해서는 안 된다. 더욱이 노동자들은 생산 과정에서 많은 고통을 받는다. 공장에서는 생명을 파괴할 정도의 많은 열이 발생한다. 또한 기계나 다른 제품을 생산하는 과정에서 발생하는 이 엄청난 열로 인해 목숨을 잃는 노동자들도 있다. 따라서 외국에서 만들었거나 기계로 만든 옷은 제작 과정에서부터 폭력을 야기하므로 비폭력을 맹세한 이들은 이를 사용해서는 안 된다. 외국산 옷은 불투도와 무소유의 서약에도 위배될 수 있다. 우리는 겉모습에 치중하여 우리 베틀로 짠 것보다 외국산 옷감을 선호한다. 하지만 외적인 아름다움은 금욕에도 방해되므로 금욕의 서약을 준수하기 위해서라도 기계로 만든 옷은 금하고 우리 손으로 직접 짠 단순한 옷을 입어야 한다. 이는 옷 외에 모든 상품에 적용된다.

2. 용기의 서약

공포에 사로잡혀 있으면 진리의 서약을 지킬 수 없기 때문에 권력자와 사회, 카스트 제도, 가족, 도둑, 강도, 맹수, 심지어 죽음의 공포에서 벗어날 수 있도록 끊임없이 노력해야 한다. 공포에서 해방된다면 진리나 영혼의 힘으로 자신은 물론 타인도 지킬 수 있다.

3. 불가촉성에 반대하는 서약

힌두교는 전통적으로 데드족 또는 방기족을 안탈리아, 판참, 아추트 등으로 부르며 불가촉천민으로 멸시한다. 다른 계급의 힌두교도는 이 사람들을 만지면 자신도 더러워지고 죄를 입는다고 생각해서 실수로라도 이들과 접촉하지 않으려고 한다.

아시람 설립자는 이러한 관례가 힌두교를 더럽힌다고 생각한다. 진정한 힌두교도는 불가촉천민을 두는 것 자체가 죄라고 믿는다. 실제로 불가촉천민을 두는 관례 때문에 문제가 발생한 일도 있다. 아시람 거주자는 이러한 죄에서 벗어나기 위해 불가촉천민을 가족민으로 여긴다는 서약을 해야 한다. 실제로 현재 아시람에는 데드족 가족이 다른 사람들과 동일한 조건하에서 살고 있다. 불가촉성에 반대하는 서약은 모두 불가촉성이라는 악을 근절하기 위한 것이며 이는 식사에는 적용되지 않는다.

바르나시람

아시람은 바르나시람 계율을 따르지 않는다. 아시람의 감독은 부모를 대신하여 학생들을 관리하고 평생 금욕, 무소유 등의 서약을 준수해야 하기 때문에 바르나시람 계율을 위한 여지가 없다. 아시람 거주자는 고행자로서 살아갈 것이기 때문에 바르나시람의 규정을 따를 필요가 없다. 이 점을 제외하면 아시람은 바르나시람 계율에 대한 확고한 믿음이 있다. 카스트 규율이 국가에 해를 미치지 않은 것으로 보인다. 오히려 도움을 줬을 수도 있다. 식사를 함께한다고 형제애가 싹튼다는 증거는 없다. 바르나시람 계율과 카스트 규율이 약화되지 않도록 아시람 거주자는 직접 식사를 준비하고 그렇지 못할 때에는 과일만 먹는다. 카스트는 기능에 따라 사회 조직을 네 개의 계급으로, 인생을 네 단계로 나눈다.

모국어

감독은 어느 국가나 집단이든 모국어를 포기하면 발전할 수 없다는 신념을 갖고 모국어를 사용해야 한다. 다양한 인도 언어의 핵심이라고 할 수 있는 산스크리트어를 비롯해 인도 전역에서 온 형제들과 친밀감을 형성할 수 있도록 다양한 주요 언어를 배운다.

육체노동

육체노동은 자연이 인간에게 부여한 의무이다. 인간은 노동을 통해서만 스스로를 부양할 수 있으며, 정신력과 영력은 공동의 이익을 위해서만 사용해야 한다. 전 세계 인구의 대다수가 농사를 지으면서 살아가므로 감독도 일정 시간 땅을 일궈야 하며 그렇지 못할 때에는 다른 육체노동을 수행한다.

베 짜기

감독은 인도가 빈곤에 시달리게 된 이유는 더 이상 물레와 베틀을 돌리지 않기 때문이라는 신념하에 직접 베틀을 돌려 인도의 수공업 부흥에 최선을 다한다.

정치

정치와 경제 발전은 별개의 사안이 아니다. 감독은 정치와 경제 모두 종교에 뿌리를 두고 있다는 깨달음하에 종교적 정신에서 정치, 경제, 사회 개혁 등을 배우고 가르치며 열정을 다해 이들 분야에 봉사한다.

(2) 수련생

위 서약과 프로그램을 따르고 싶지만 당장 맹세할 수 없는 이들은 수련생으로 생활할 수 있다. 이들은 아시람에 머물면서 감독이 지키는 모든 규율을 지켜야 한다. 수련생이 평생 서약을 준수하겠다고 맹세하면 감독의 자격을 얻는다.

(3) 학생

1. 성별에 관계없이 4세 이상 어린이는 부모의 동의하에 아시람에 입소할 수 있다.

2. 부모는 아이에 대한 모든 통제권을 양도한다.

3. 학생들은 공부를 모두 끝마치기 전에는 어떠한 이유로도 부모를 방문할 수 없다.

4. 학생들은 감독이 준수하는 모든 서약을 따르도록 교육받는다.

5. 학생들은 종교, 농사, 베틀 사용법, 글자를 배운다.

6. 수업은 각 학생의 모국어로 진행되고 역사, 지리, 산술, 대수, 기하, 경제 등을 배운다. 또한 산스크리트어와 힌디어, 그리고 최소 한 개 이상의 드라비다어를 필수로 배운다.

7. 영어는 제2언어로 배운다.

8. 모든 학생은 우르두어, 벵골어, 타밀어, 텔루구어, 데바나가리 및 구자라트어 문자를 배운다.

9. 모든 교육은 10년 안에 마칠 수 있다고 판단된다. 학생들이 성년이 되면 서약을 맹세하고 감독이 되거나 아시람을 떠날 수 있다. 프로그램이 마음에 들지 않는 학생은 이때 아시람을 떠날 수 있다.

10. 학생들은 부모나 보호자의 도움을 받지 않아도 되는 나이가 되면 아시람 퇴소 여부를 결정한다.

11. 학생들은 앞으로 무엇을 할지에 관한 두려움 없이 아시람을 떠날 수 있도록 처음부터 모든 노력을 다한다.

12. 성인도 학생으로 입소할 수 있다.

13. 규칙에 따라 모두가 소박한 옷으로 통일하여 입는다.

14. 음식은 간소하게 제공된다. 일반적으로 소금과 후추, 강황 외에 다른 양념은 사용하지 않으며 고추도 사용하지 않는다. 우유, 버터, 기타 유제품은 금욕 생활에 방해가 된다. 특히 우유는 결핵의 원인이 되고 고기와 같이 자극적인 음식이므로 사용하지 않거나 매우 조금만 사용한다. 식사는 하루 세 번이고 건과일과 신선한 과일을 넉넉하게 제공한다. 모든 거주자는 일반 위생 원리를 배운다.

15. 아시람에는 공휴일이 없지만 일상에 변화를 주고 개인 용무를 처리할 수 있는 시간이 매주 하루 반나절 동안 제공된다.

16. 건강이 허락하는 이들은 일 년에 3개월 동안 인도를 걸어

서 순례한다.

17. 학생과 수련생에게 교육비와 생활비를 청구하지는 않지만 부모와 아시람 구성원은 능력이 허락하는 범위에서 생활비를 기부할 수 있다.

기타

아시람은 감독이 관리한다. 최고 감독은 누가 어떤 카테고리에 들어갈지 결정할 수 있다. 아시람은 최고 감독이 받은 예산 또는 아시람 후원자들의 후원금으로 운영된다. 현재 아시람은 아메다바드 사바르마티 강 제방과 엘리스 다리 건너 사라크헤지 거리에 있는 건물 두 개를 사용하고 있으나 몇 달 내로 아메다바드 인근에 있는 약 250에이커 규모의 시설로 옮길 예정이다.

방문객

방문객은 아시람에 머무는 동안 아시람의 모든 규율을 따라야 한다. 방문객이 되도록 편하게 머물다 갈 수 있도록 최선을 다하겠지만, 아시람은 규정상 최소한의 물품만 보관하고 있으므로 방문객이 침구와 식기를 직접 챙겨오는 것이 좋다. 자녀들을 아시람에 보내려고 하는 경우에는 부모들이 먼저 아시람을 방문하여 살펴보는 것이 좋다. 적절한 절차에 따라 시험에 통과해야만 아시람 학생으로 입소할 수 있다.

일과표

① 모든 아시람 거주인은 오전 4시에 기상하는 것이 좋다.
오전 4시에 첫 종이 울린다.

② 몸이 불편한 이를 제외하고는 모두 4시 반까지 기상해야
한다. 오전 5시까지 목욕을 마친다.

③ 5시~5시 30분: 기도 및 경전 읽기

④ 5시 30분~7시: 바나나와 같은 과일로 아침 식사하기

⑤ 7시~8시 30분: 물 긷기, 곡식 빻기, 청소, 베 짜기, 요리와
같은 육체노동하기

⑥ 8시 30분~10시: 학교 수업

⑦ 10시~12시: 식사와 설거지. 주 5일은 빵, 콩, 쌀, 채소가
나오고 주 2일은 빵과 과일이 나온다.

⑧ 12시~3시: 학교 수업

⑨ 3시~5시: 오전과 같은 육체노동하기

⑩ 5시~6시: 식사와 설거지. 식단은 오전과 거의 동일하다.

⑪ 6시 30분~7시: 기도

⑫ 7시~9시: 공부, 방문객 접대 등. 어린이들은 9시 전에 모
두 잠자리에 들어야 한다. 10시에 전체 소등한다.

현재 학교 수업은 산스크리트어, 구자라트어, 타밀어, 힌디
어 및 산술 과목으로 이루어져 있으며 역사와 지리는 언어 수
업 시간에 배운다. 아시람은 유급 교사나 하인을 고용하지 않

는다. 현재 아시람 거주자는 총 35명이고, 이 중 네 명은 가족과 함께 살고 있다. 교사는 모두 다섯 명이다. 아시람 영구 회원은 북인도 출신이 두 명, 마드라스 출신이 아홉 명이고 나머지는 구자라트와 카티아와르 출신이다.

라마와 라바나

라마는 생명을, 라바나는 비생명을 상징한다. 라바나는 육체적 힘이 엄청나지만 라마가 가지고 있는 영혼의 힘에 비하면 아무것도 아니다. 라바나는 머리가 10개나 되지만 라마 앞에서 이는 지푸라기와 같다. 라마는 이기심과 자만심을 물리친 요가 수행자로서 풍족할 때나 어려울 때나 한결같이 평온을 유지하고, 집착과 탐욕을 버리고 지위에 연연하지 않는 모습을 통해 사티아그라하[무저항 불복종]의 극치를 보여줬다. 우리는 인도의 하늘 아래 사티아그라하를 다시 드높여야 한다. 사티아그라하를 따르면 영적인 힘으로 영국을 물리치고 전 세계에 이바지할 수 있을 것이다. 물론 인도는 군사력으로 영국에 대적할 수 없다. 영국은 전쟁의 신을 숭배하고 누구나 무기를 소지할 수 있으며 실제로 무기 소지자도 점점 늘고 있다. 반면 수억 명에 달하는 인도인은 무기를 소지할 수 없다. 인도는 인도만의 고유한 비폭력의 종교를 만들었으며 이는 절대 실패할 수 없다.

(1차 세계대전 말 열린 평화회담에 대해), 델리, 1918년 4월 29일

총독 각하께

지난 26일 서신을 통해 이번 평화회담에 참석하기 어려운 입장을 전달했지만, 이후 총독 각하를 만나 뵙고 저를 인정해주신 각하를 존중하는 마음에서라도 회담에 참석하기로 생각을 바꿨습니다.

평화회담에 참석하지 않기로 한 가장 큰 이유는 틸라크와 베산트, 알리 형제가 회담에 초대받지 않았기 때문입니다. 이들은 국민 여론에 막대한 영향을 미치고 주 정부 회의에서 식견 있는 자문을 제공하여 정부를 도울 수 있는 뛰어난 지도자들입니다. 저는 지금이라도 이들을 회담에 초대할 것을 제안합니다. 정부와 아무리 생각이 다르고 견해가 다르더라도 이들처럼 국민 다수를 대표하는 지도자를 무시해서는 안 된다고 생각합니다. 그리고 이렇게 생각이 다른 이들까지 초대된다면 모든 참석자가 회담에서 자유롭게 발언할 수 있을 것입니다. 저는 위원회에 봉사하는 것을 영광으로 생각하지만, 위원회나 위원회 회의에서 저의 의견을 자주 언급하지는 않습니다. 대신 회의에서 채택된 결의안을 따르는 것이 회의 목적에 가장 효과적으로 기여할 수 있는 방법이라고 생각하여 조건 없이 이에 따랐습니다. 총독 각하께 저의 제안을 담은 편지를 별도로 동봉합니다. 정

부에서 되도록 빨리 이를 채택하여 말을 행동으로 옮길 수 있기를 바랍니다. 저는 위기가 닥치면 이미 약속한 대로 영국을 지원해야 한다고 생각합니다. 그래야 가까운 장래에 인도가 해외 자치령과 같은 파트너의 지위를 얻을 수 있을 것입니다. 물론 의무를 다하면 이에 상응하는 권리를 자동으로 얻겠지만, 이는 우리의 목표에 더 빨리 도달하려는 행동이라 할 수 있습니다. 총독 각하가 연설에서 언급하셨듯이 인도 국민이 개혁을 통해 의회와 연맹 제도의 일반 원칙이 구현될 수 있다고 믿는다면 이러한 믿음이 힘이 되어 많은 의원이 성심을 다해 정부에 협력할 것이라고 확신합니다.

인도 국민이 지금까지의 발자취를 되돌아보게 할 수 있다면 국민의회의 모든 결의안을 철회하고 전쟁 중에 자치나 책임정부의 문제를 발설하지 않겠습니다. 또 위급한 상황에서는 건강한 인도 젊은이를 모두 제국의 희생물로 바치도록 설득할 수도 있을 것입니다. 이러한 조치를 통해 인도가 대영제국의 가장 우호적인 파트너가 되고 인종차별 역시 사라질 것임을 알고 있기 때문입니다. 하지만 인도 국민에게 영향력을 발휘하는 지식인층은 이보다 효과가 떨어지는 방법을 선택하기로 했습니다. 저는 남아프리카에서 인도로 돌아온 이후 폭동 세력과 긴밀한 관계를 유지해왔으며 이들 사이에 자치에 대한 바람이 거세게 일고 있다는 것을 알려드리고 싶습니다. 저는 지난번 국민회의 회기에 참석하여 의회법에서 지정한 기간 내에 영국령 인도에 완전한 책임정부의 권한을 부여해야 한다는 결의안을 지지했습니다. 이번 결의안은 다소 대담한 결정이라고도 할 수 있지만, 가능한 빠른 시일 내에 자치에 대한 확고한 비전을 세우는 것이야말로 진정 인도 국민을 위하는 길이라고 생각합니다. 인도에는 '목표를 달성하려면 어떠한 희생도 감수해야 한다'는 의견이 많습니다. 이들은 최종 목표를 달성하려면 대영제국을 위해 스스로를 희생할 수도 있어야 한다고 말합니다. 그렇다면 대영제국이 위기에 빠지지 않도록 조용하고 간단하게 우리의 몸과 마음, 영혼을 헌신한다면 목표에 더욱 빨리 도달할 수 있다는 결론이 나옵니다. 이렇게 명백한 진실을 깨닫지 못하는 것은 국가적 자살행위입니다. 우리가 제국을 구하는 데 최선을 다해야만 자치를 얻을 수 있다는 것을 알아야 합니다. 따라서 인도의 모든 젊은이를 동원해서 제국을 도와야 하지만, 재정 지원은 상황이 다릅니다. 인도 농부들의 사정을 잘 알고 있는 저로서는 인도가 이미 역량 이상으로 대영제국에 모든 것을 바쳤다고 말할 수밖에 없습니다. 이는 저뿐만 아니라 대다수 인도 국민의 의견이기도 합니다.

평화회담은 저에게 중요하며 우리 대부분이 공동의 대의를 위해 목숨을 바칠 준비가 되어 있다고 확신합니다. 하지만 인도와 영국의 관계는 보다 특수합니다. 양국은 대등한 관계가 아니고 우리는 더 나은 미래를 바라며 스스로를 희생하고 있습니다. 저희가 바라는 더 나은 미래가 무엇인지 총독 각하께 분명히 밝히지 않았다면 저는 각하와 저의 조국 인도에 거짓말을 하는 것이 될 것입니다. 저는 희망을 이루기 위해 거래를 하지는 않지만, 희망이 사라지면 환멸만 남게 된다는 것을 기억해주시길 바랍니다.

그리고 한 가지 더 말씀드리자면, 각하께서 정부 관료들의 부정이나 폭정을 용인하면서 국내 의견의 차이만 줄이라고 강요하신다면 저는 여기에 응할 수가 없습니다. 저는 온 힘을 다해 조직화된 폭정에 저항할 것입니다. 정부는 국민을 학대하는 대신 이들의 의견을 경청하고 존중해야 합니다. 저는 참파란에서 오랜 폭정에 맞섬으로써 영국 사법의 궁극적인 주권을 보여주었습니다. 정부를 욕하던 카이라 시민들은 이제 진실을 위해 맞서 싸워야 하는 대상은 정부가 아니라 권력임을 알고 있습니다. 따라서 정부는 국민을 위한 정부가 되어야 하고 이를 위해서는 불의에 평화적으로 불복종하는 시민들을 포용해야 합니다. 참파란과 카이라에서의 일은 제가 전쟁에 직접적이고 확실하게 기여하는 길을 보여줍니다. 저에게 이러한 활동을 하지 말라는 것은 이제 죽음과도 같습니다. 많은 시민이 사랑의 힘이라고도 불리는 영혼의 힘을 사용한다면, 인도와 저는 전 세계가 최악의 상황에 빠지지 않는 길을 각하께 보여드릴 수 있습니다.

따라서 저는 이 영원한 고난의 법을 표현하고 사람들이 이를 수용하도록 평생 노력할 것입니다. 만약 제가 어떤 활동에 참여한다면 이는 이 법이 얼마나 뛰어난지를 보여주기 위한 것입니다. 마지막으로 이슬람교의 권리를 확실히 보장하도록 대영제국의 각료께 요청드리기를 부탁합니다. 인도의 모든 이슬람교도가 이 문제에 관심을 집중하고 있습니다. 그리고 인도의 힌두교도로서 저도 여기에 무관심할 수가 없습니다. 이들의 아픔은 곧 저희의 아픔이기 때문입니다. 저는 이슬람교도의 권리와 정서, 이들의 예배장소를 보호하고 인도의 자치 문제를 늦지 않게 처리하는 것이 곧 대영제국의 안녕과 번영을 위한 길이라고 믿습니다.

영국을 사랑하는 마음에서, 또 인도 국민에게 총독님의 진실성을 보여줄 수 있기를 바라며 편지를 올렸습니다.

간디 드림

시민 불복종: 몬터규 의원에게 보내는 전보

갬데비, 라버넘 로드, 1919년 6월 24일

존경하는 몬터규 의원님께,

지금의 상황이 바뀌지 않는다면 7월 초에 시민 불복종운동을 재개할 계획임을 알려드립니다. 저에게 있어 이는 하나의 신념입니다. 정상적인 환경에서는 법과 정부가 범법 행위를 막겠지만, 우리는 진실과 비폭력으로 무장한 시민 불복종운동만이 범법 행위와 과격주의를 대체할 수 있다고 믿습니다. 외래 정부든 토착 정부든, 정부가 국민의 의견을 무시하는 심각한 잘못을 저지를 때가 있습니다. 롤럿 법안이 그 대표적인 예라 할 수 있습니다. 이 같은 경우에 국민의 불만은 범법 행위와 무정부 범죄 또는 건강한 형태의 시민 불복종의 형태로 표출됩니다. 하지만 폭력이나 악의 없이 평화롭게 시민들의 지지를 받고 정부의 양보를 받아낼 수 있는 방법은 시민 불복종뿐입니다. 저는 롤럿 법안은 폐기될 수 있으며, 조사 위원회를 조직해 펀자브 소요와 행정계엄령이 발령됐던 원인을 조사하여 「트리뷴지」의 칼리나스 로이 편집자를 석방해야 한다고 생각합니다. 이러한 방법으로 석방을 요청하는 편지를 총독님께도 보냈습니다.

간디 드림

종교 지도자

인도의 종교 지도자는 민중을 계몽해야 하는 의무를 망각하고 있다. 종교 지도자는 행동으로 모범을 보여야지 단순한 설교만으로는 그를 따르는 이들의 기대를 충족시킬 수 없다. 종교 지도자는 또한 스와데시 운동을 따라야 한다. 그들은 자유롭게 사용할 수 있는 시간이 비교적 많기 때문에 그 시간에 직접 물레를 돌려 그를 따르는 이들에게 모범을 보여야 한다. 힌두교의 기본 교리인 아트만의 목소리는, 라마의 이름을 중얼거리는 소리보다 물레 돌아가는 소리 속에서 더 아름답게 울릴 것이다.

체포되면서 남긴 편지
1919년 6월 30년경

갑자기 체포되는 바람에 급하게 몇 자 남깁니다. 동포 여러분, 제가 체포된 후에도 타인에게 폭력을 행사하거나 타인의 재산을 침해하는 행동을 삼가고 모두 평정을 유지해주시기를 바랍니다. 저를 위한다는 명목하에 폭력을 행사한다면 이는 오히려 저를 해하는 일이 될 것입니다. 여러분이 진정 저를 사랑하신다면 진리와 아힘사(비폭력)의 힘을 믿고, 자기 수난을 통해서만 불만에서 벗어날 수 있다는 것을 믿는 사티아그라하[무저항 불복종운동]를 실천하십시오. 인도 정부가 민중의 불만을 무시한다면 인도에 절대적인 평화는 오지 않을 것입니다. 사티아그라하는 불법과 폭력을 거부합니다. 사티아그라하는 생명의 힘으로, 이미 예정되어 있었던 위기 사태를 앞당겨 맞게 했지만 동시에 가장 중요한 저항력으로 작용했습니다. 정부는 물론 국민도 이를 깨닫고 감사하는 마음을 가져야 합니다. 사티아그라하가 없었더라면 폭력이 더욱 심각해지고 서로가 서로에게 보복하면서 혼란만 가중되었을 것입니다. 이슬람교는 터키, 팔레스타인, 메카 샤리프에 대한 영국의 처사에 매우 분노하고 있습니다. 국민은 영국이 과연 진정으로 개혁 의지가 있는지 의심하고 있으며 무엇보다 롤럿 법안이 폐지되기를 바라고 있습니다.

중반기

1920~1946

1920년 인도 독립운동의 선봉에 선 간디는 영국 정부에 의해 투옥되었다.

3년 후 석방된 그는 힌두교와 이슬람교의 화합에만 전념하였으나

1930년 소금세에 항의하는 시위 중에 다시 체포되었다. 투옥될 때마다 단식에 돌입하는

간디 때문에 영국 정부는 불안에 떨어야만 했다.

간디가 전 인도에 미치는 영향이 막대했기 때문에 그의 신변에 각별히 주의를 기울여야만

했던 것이다. 1934년 정계를 떠난 간디는 비폭력 운동과 불가촉천민 제도 폐지 운동을

펼쳤으며 1940년 정계의 혼란 속에서 다시 정치를 재개하기도 했다.

간디의 영향 아래 있던 국민의회는 인도의 완전 독립을 요구하였다.

맹목적인 믿음에 관하여

하르지반 코탁 선생이 카슈미르의 주도州都, 스리나가르에 있는 물레협회를 대표하여 봉사하는 것은 인도 전통 방식으로 직접 짠 카다르 때문이다. 그러나 이 카다르 직물 작업자의 마음은 빈곤한 이웃의 모습을 보면 녹아내린다. 그래서 아마르나스 순례자들이 폭우로 고생할 때 그는 내게 전보를 쳤다. 내가 자세한 연유를 묻자 그는 이렇게 답했다.

"아마르나스에 화물차가 얼마나 어색하던지요. 순례자들이 생명의 위협을 무릅쓰고 걸어서 카니아쿠마리에서 카슈미르까지 이동한 후 아마르나스에 올랐던 시절도 있었는데 말입니다. 그때는 사회 전반적으로 모든 것이 부족했던 때라 종교적 가치를 찾다 목숨을 잃은 순례자의 수도 제대로 파악하지 않았지요."

물레에 관하여

나는 '우투쿨리'라는 손 물레 방직 센터에서 이 일을 배웠습니다. 이곳에는 베를 짜는 사람이 천여 명 정도 되는데 내가 마을을 돌아다니며 만난 이들은 대부분 작은 시골집에서 직접 베를 짜고 있었습니다. 나는 여전히 물레의 발명을 생각하면 놀라운 마음이 듭니다. 폐가 되지 않는다면 선생님이 물레의 가치를 언제 어떻게 재발견했는지에 관해 「영 인디아」와 인터뷰를 할 수 있을까요? 물방울 하나는 보잘것없지만 이것들이 모이면 거대한 바다가 되는 것처럼 물레 또한 매우 사소하지만 동시에 매우 중요한 일입니다. 선생님이 물레를 돌리라고 했기 때문에 인도가 물레를 돌리기 시작했다는 것은 매우 잘못된 생각이고, 오히려 많은 인도인들이 물레를 돌리는 모습을 보고 선생님이 이들이 만드는 직물을 처분하는 대리인으로 나섰다는 편이 더 맞을 것입니다. 저는 매일 수많은 여성이 웃으면서 귀중한 실 꾸러미를 안고 오는 모습을 봅니다. 카다르는 무자비한 착취로 죽음 직전까지 갔던 인도를 서서히 되살리고 있습니다. 언젠가 카다르가 선생님의 가장 큰 업적으로 인정받게 될 것이라는 말씀이 이제야 이해가 됩니다.

수백만 명의 굶주린 노동자가 나를 여기까지 이끌었다는 코탁 선생의 말이 맞습니다. 제가 물레를 접한 것은 1909년 남아프리카 대표단으로 런던을 방문했을 때였습니다. 당시 인도 학생들 그리고 노동자들과 이야기하면서 물레 없이는 스와라지[독립]도 없으며 모두가 물레를 돌려야 한다는 것을 깨달았습니다.

고드라에서 일어난 힌두교와 이슬람교 분쟁에 관하여

수요일 파류산 축제에서 힌두교도와 이슬람교도가 충돌하여 와만라오 무카담, 푸루쇼탐다스 샤 선생 등 여럿이 심각한 부상을 입었다는 편지를 받았습니다. 그리고 목요일인 오늘, 푸루쇼 탐다스 선생께서 돌아가셨다는 전보를 받았습니다. 매우 유감스러운 이번 사태에서 제가 할 수 있는 일이라고는 유가족에게 위로의 뜻을 전하는 것밖에 없습니다. 그래서 요즘 이 문제에 관해서는 아무런 글도 쓰지 않습니다. 저는 이 문제에 관해서 뭐라 말할 수 있는 권리가 없기 때문입니다. 힌두교와 이슬람교 양측은 제가 제시하는 비폭력과 사랑이라는 치료제를 원치 않는다는 것을 알게 되었습니다. 현재로서는 이 치료제의 효능을 알리기가 거의 불가능해 보입니다. 그래서 지금 제가 할 수 있는 일은 침묵하는 것뿐이라고 생각합니다. 침묵은 힌두교와 이슬람교의 화합을 위해 제가 할 수 있는 유일한 일입니다. 하지만 이는 무관심의 침묵이 아닙니다. 저는 두 공동체에 지혜를 내려주시고 이들이 화합할 수 있게 해달라고 신께 기도드릴 것입니다. 진실로 기도하면 힌두교와 이슬람교 간의 적대감을 허물 방안을 곧 찾을 수 있으리라 믿습니다.

모틸랄 네루에게 보내는 편지
1928년 9월 30일

모틸랄 네루에게,
마하데브를 통해 보내주신 편지 잘 받았습니다. 그동안 아시람의 일로 정황이 없었고 또 확실히 정해진 사항도 없어서 이제야 답장을 보냅니다. 마하데브에게 전해 듣기로는 전인도 국민회의 위원회(AICC) 회의에 저를 초대하실 생각이라고 하던데, 제가 회의에서 무엇을 해야 하고 또 무엇을 할 수 있을까요? 물론 정치도 중요하지만 저는 그보다 건설적인 일에 더 많은 시간을 할애하고 있습니다. 의회에서는 자세히 언급하지 않았지만 카다르 직물 외에도 제가 할 수 있는 일이 많습니다. 그리고 이러한 건설적인 일을 하면서 민중들의 마음이 강하게 성장하고 그만큼 저항력도 커지는 것을 봅니다. 러크나우에서는 일반 대중을 그대로 놔두는 것이 확실해 보입니다.

지금까지 힌두교와 이슬람교의 분쟁이 없었던 구자라트 지역에서 폭동이 벌어지고 있습니다. 어제는 폭도들이 언론사 건물로 들어와 무차별적으로 폭행을 휘두르고 불을 질러 용감한 아시람 청년이 거의 죽을 뻔했다는 안타까운 소식을 들었습니다. 고드라에서는 바킬이 심각한 부상을 입었고 봄베이에서는 와만 라오 의원이 심하게 폭행당했다고 합니다. 매일 어디선가 새로운 폭동 소식이 들려옵니다. 하지만 이러한 상황에도 헌법 제정 작업을 중단해서는 안 될 것입니다. 제가 드리고 싶은 말은 이러한 일을 하기에 폭동은 저에게 맞지 않다는 것입니다. 사실 허락하신다면 의회에서 물러나는 것도 생각하고 있습니다. 여기에는 두 가지 이유가 있습니다. 하나는 현재 의회의 일반적인 분위기 때문이고, 다른 하나는 마드리드 박람회를 그대로 베끼기로 한 캘커타 위원회의 결정 때문입니다. 전인도 직조인협회는 캘커타 박람회에 되도록이면 참석하지 않는 방향으로 결정을 내렸습니다. 저는 마드리드 전시회를 베끼는 것에는 반대하지만 그렇다고 이를 공개적으로 비판할 생각은 없습니다. 제가 캘커타에 간다면 위원회가 곤란해할 것이고, 그렇다고 캘커타에 가서 침묵을 지키면 제가 편치 않을 것 같습니다. 이렇게 해서 제가 요즘 고민하는 것들을 모두 알려드렸네요. 그럼 캘커타에서 열리는 전인도 국민회의 위원회와 12월 국민회의에 제가 참석하기를 진정으로 바라시는지 알려주십시오. 마지막으로 덧붙이자면 선생님과 비탈바이 씨는 심라에서 기적을 이루어내셨습니다. 정말 수고하셨습니다.

존경을 담아
간디 올림

애니 베산트에게 보내는 전보

1928년 10월 5일

베산트에게,

국가적 차원에서 독립운동을 지원할 수 있는 네루 헌법이 통과되지 않는다면 상황이 매우 어려워질 것입니다. 정당들이 언제나 모든 사항에 서로 합의를 이루어내는 것은 아니지만 국익에 전혀 해가 없는 문제에 관해서는 최대한 합의를 이루어내도록 최선을 다해야 한다고 생각합니다.

간디

킹슬리 홀 연설

〈신에 관하여〉, 1928년 12월경

저의 생각과 행동에 관심을 보이는 젊은이들을 위해 제가 신을 믿는 이유를 말하고자 합니다. 세상 만물에는 눈에 보이지는 않지만 무어라 형언하기 어려운 신비한 힘이 깃들어 있습니다. 우리는 눈에 보이지 않는 이 힘의 존재를 느낄 수 있지만, 이는 보통 사물과 달리 오감을 통해 인지할 수 없으므로 그 존재를 증명할 수는 없습니다. 다만, 한정된 범위 내에서 신의 존재를 추론해볼 수는 있습니다. 일상에서도 누가, 왜, 어떻게 사람들을 다스리는지는 모르지만 다스리는 힘이 있다는 것은 분명히 알 수 있습니다. 작년 마이소르 지방에 갔을 때 이러한 경우를 직접 보았습니다. 가난한 그곳 주민들에게 누가 마이소르를 다스리는지 아느냐고 묻자 그냥 어떤 신이 다스린다고 답했습니다. 가난한 주민들이 자신이 사는 지역을 다스리는 지도자에 대해서 이 정도밖에 모르는데, 신 앞에서 한없이 미천한 제가 왕중의 왕이신 신의 존재를 깨닫지 못한다는 것이 놀랄 일만은 아닐 것입니다.

그럼에도 주민들이 마이소르에 대해 느끼고 있듯이 저는 우주에는 모든 생명과 존재를 관장하는 불변의 법칙, 질서가 있다고 생각합니다. 이는 눈먼 법칙이 아닙니다. 눈먼 법칙은 생명을 관장할 수 없으니까요. 그리고 보스 경의 놀라운 연구 덕분에 우리는 이제 물질도 생명이라는 것을 알게 되었습니다. 그렇다면 모든 생명을 다스리는 이 법칙은 바로 신일 것입니다. 법칙을 제정한 존재와 법이 하나인 것입니다. 저는 이 불변의 법칙이나 신에 대해 거의 알지 못하므로 이 법칙과 신의 존재를 부인할 수 없습니다. 설령 제가 세속적인 힘을 부인하거나 알지 못한다고 해서 그 힘으로부터 자유로워질 수 없듯이 신과 신의 법을 부인한다고 여기서 벗어날 수는 없습니다. 오히려 세상의 법을 따르면 삶이 편해지듯이 겸손한 마음으로 신의 권위를 받아들이면 인생의 여정이 더욱 수월해질 것입니다.

제 주변의 모든 것이 변하고 사라져가지만 그 근본에는 모두를 하나로 묶고 창조하여 없애고 재창조하는 살아 있는 힘이 있다는 것을 희미하게나마 느낄 수 있습니다. 이 살아 있는 힘 또는 정신은 바로 신입니다. 오감을 통해 느끼는 존재는 영원할 수 없지만, 신만은 영원히 존재합니다.

그렇다면 그 힘은 선할까요, 악할까요? 저는 전적으로 선하다고 믿습니다. 저는 이 힘이 죽음 가운데서 삶을 이끌고, 거짓 가운데서 진실을 이끌고, 어둠 속에서 빛을 이끈다고 생각합니다. 그래서 신은 삶이고 진리이며 빛입니다. 사랑이고 최고의 선입니다. 하지만 신은 지적 능력에만 만족하지는 않습니다. 진정한 신은 마음을 다스리고 이를 변화시킬 수 있습니다. 신은 믿는 이의 작은 행동을 통해 그 존재를 드러냅니다. 이는 오감보다는 확실한 깨달음을 통해서만 가능합니다. 때론 오감이 우리를 속이거나 현혹할 수 있지만 감각을 뛰어넘은 깨달음은 절대로 틀리는 법이 없습니다. 이는 외부의 증거로는 증명할 수 없습니다. 내면으로 신을 받아들인 이들의 행동과 성격 변화를 통해서만 증명되기 때문입니다. 그리고 이러한 증거는 예언과 현자의 경험을 통해 어디에서나 찾을 수 있습니다. 이 증거를 부인하는 것은 스스로를 부인하는 것과 같습니다. 이 깨달음은 확고한 믿음을 수반합니다. 우리는 살아 있는 믿음을 통해 신이 존재한다는 사실을 확인할 수 있습니다. 그리고 외적 증거로 믿음 자체를 증명할 수 없기 때문에 그저 세상의 도덕적 정부를 믿고, 최상의 도덕률, 즉 진리와 사랑의 법을 믿는 것이 가장 안전한 방법입니다. 진리와 사랑에 반하는 것을 모두 거부한다면 가장 안전하게 믿음을 행사할 수 있습니다. 믿음은 이성을 초월합니다. 저는 여러분께 불가능한 것은 시도하지 말라는 조언밖에 해드릴 수가 없습니다. 그 어떤 합리적인 방법으로도 악의 존재를 증명할 수 없습니다. 이를 증명하려는 것은 신과 동등한 위치에 서려고 하는 것과 같습니다. 따라서 저는 일반적인 악의 존재를 겸허하게 인정할 뿐입니다. 그리고 신이 세상에 악을 허락하시는 것은 신이 오래 참고 인내하기 때문이라고 생각합니다. 세상에 악이 있는 것은 신이 악을 만들었지만 악의 영향을 전혀 받지 않기 때문입니다.

우리가 목숨을 걸고 악에 대항하지 않는다면 신을 알 수 없을 것입니다. 저는 스스로의 유약함과 한계를 깨달으면서 믿음을 키워나가고 있습니다. 그리고 순수해지려고 노력할수록 신에 가까이 가고 있음을 느낍니다. 저의 믿음이 지금처럼 단순히 명색뿐인 것이 아니라 히말라야처럼 굳건하고 그 정상의 눈처럼 하얗고 밝아지려면 얼마나 더 노력해야 할까요? 자신의 경험을 노래한 뉴먼의 찬송가를 여러분과 함께 나누고 싶습니다.

내 갈 길 멀고 밤은 깊은데 빛 되신 주
저 본향 집을 향해 가는 길 비추소서!
내 가는 길 다 알지 못하나
한 걸음씩 늘 인도하소서!

1935년 5월 7일

아바드헤시에게

인도의 시인 툴시다스는 육체를 초월한 라마가 육체를 가지고 살았던 라마보다 위대하다는 의미에서 라마의 이름이 라마보다 위대하다고 말했습니다. 라마는 다샤라타 왕의 아들이자 시타의 남편이지만 비현현非顯現과 현현顯現은 다르기 때문입니다. 그는 우리가 상상해낸 푸루쇼타마[지상의 자아]일 뿐입니다. 모든 것은 비현현을 현현화한 것입니다. 제가 라마라는 이름을 꼭 고집하는 것은 아닙니다. 옴카르이든, 크리시나이든, 아시아르이든 이름은 중요하지 않습니다.

저는 이에 대해 그 누구도 아닌 저 자신에게 화가 납니다. 화는 자아실현을 통해서만 완전히 다스릴 수 있으며 우리는 우리를 가장 혹독하게 비판하는 이들까지도 사랑해야 합니다. 이것이 아힘사이며 나머지는 무지일 뿐입니다.

바푸에서 간디가

1935년 5월 15일

아바드헤시에게

저는 우리의 조국이 도덕적으로 최고의 가치를 지니기를 바랍니다. 자기 존중은 사람들에게 희망을 주고 사람들은 이를 통해 죽음조차 두려워하지 않게 됩니다. 그렇다면 자존심을 지키고 악과 싸우는데 왜 화를 내야 하나요? 만약 누군가가 저에게 땅바닥에 코를 문지르라고 명령한다면 화를 내는 대신, 이를 거부하고 그 대가가 무엇이든 기분 좋게 견뎌낼 것입니다. 다르마[진리법]는 영혼에 희망을 줍니다. 우리는 진리가 신의 또 다른 이름이고 신이 바로 진리라고 생각해야 합니다.

바푸에서 간디가

마누벤 마시루왈라에게 보내는 편지
1938년 9월 17일

마누디에게,

제가 침묵을 지키고 있을 때 오셔서 다행입니다. 여기서의 침묵은 인도 전체를 위한 침묵입니다. 제가 침묵을 지킨다고 사랑이 줄었다고 생각하시면 안 됩니다. 사랑은 혀에서 나오는 것이 아니기 때문입니다. 봄베이에 오시면 알려주세요. 저도 편지하겠습니다.

바푸에서 간디가

어느 유명 통신원은 나를 두고 '국민회의나 의원들이 말하고 행동하는 모든 것을 고려하는 사람'이라고 평했다. 반면 자와할랄 네루와 내가 의견 차이가 심하고, 그는 어떠한 상황에도 하리잔 연맹을 건드리지 않겠지만 나는 사소한 것이라도 인정받는다면 바로 굴복할 것이라는 비판의 목소리도 있다. 그래서 아직 독자들과는 공유할 수 없는 내용들을 나 자신의 말로 바꿔 장문의 편지에 자세히 설명했다.

확실히 나를 비판하는 이들이 나보다 나를 더 잘 아는 것 같다. 예를 들면, 나는 의원들 가운데서 내가 얼마나 미천한지를 보지만 이들은 의원들 가운데 내가 얼마나 중요한지를 본다. 내가 의회에서 아직 영향력을 가지고 있다면 이는 내가 권위가 아니라 이성에 호소해왔기 때문이다. 하지만 이들의 말대로 내가 그렇게 막강한 권력을 가지고 있다면 인도는 오래전에 독립했을 것이고 일부 주에서 자행되고 있는 탄압도 없어졌을 것이다. 나는 인도가 독립하고 민중에 가해지는 탄압을 멈출 방법을 알고 있다. 국회에서 내가 말하는 이 방법을 따랐더라면 부패나 거짓, 폭력은 존재하지 않았을 것이다. 그랬더라면 모두가 열심히 카다르 직물을 짜고 반다르에 카다르가 남아도는 일도 없었을 것이다.

원래 연맹에 대해서 쓰려고 했는데 이야기가 옆길로 샌 것 같다. 먼저, 내가 누구를 대변하는 것도 아니거니와 다른 의원에게 나의 견해를 토로한 적도 없다는 점을 밝힌다. 또한 국민회의의 의견과 행동이 중요하므로 나의 의견이 국민회의와 다르다면 그들의 의견을 따라야 함을 분명히 밝힌다. 나는 그동안 국민회의는 하리잔 연맹을 강압하지 않을 것이며, 적절한 절차에 따라 소집된 제헌 의회에서 헌법을 제정하고 이 헌법에 의해 독립하지 않는 이상 인도에 평화는 오지 않을 것이라고 말해왔다. 또한 자와할랄 네루와 내가 서로 다른 언어를 사용할수는 있지만 인도에 관해서는 거의 모든 사항에 대해 의견을 같이 한다고도 분명히 밝혔다. 하리잔 연맹에 대해서도 그와 나는 생각이 같다. 나는 국민회의와 관련하여 네루와 의견이 다를 경우 언제나 그의 의견을 우선시하자는 규칙을 정해서 따르고 있다. 이것이 바로 나는 국민회의 밖에서, 네루는 국민회의 안에서 일하면서 모든 사항을 긴밀하게 상의하는 이유이다.

프레스턴 그로버와의 인터뷰
인도 와르다, 1942년 6월 10일

질문   전쟁 기간 선생님의 활동에 대해 인도는 물론 미국에서도 많이 궁금해하고 있습니다. 어떻게 될 것인지 궁금합니다.

답변   그렇다면 언제 전쟁이 끝날지 말해줄 수 있습니까?

질문   새로운 운동을 계획하고 있다는 소문이 들리던데 어떤 운동인가 요?

답변   정부와 국민이 어떻게 반응하느냐에 따라 달라질 겁니다. 나는 인도 국민은 물론 바깥세상의 반응까지도 이해하려고 노력하고 있습니다.

질문   반응이라면 선생님의 새로운 제안에 대한 반응 말입니까?

답변   그렇습니다. 영국이 인도에서 물러나야 한다는 것에 대한 반응을 말합니다. 놀랐나요?

질문   아닙니다. 선생님께서 오랜 기간 인도의 독립을 위해 노력해오신 것을 알고 있습니다.

답변   그렇습니다. 오랫동안 인도 독립을 위해 일해왔는데 이제야 구체 화되기 시작했네요. 영국은 세계 평화와 중국, 러시아, 그리고 연 합군을 위해서 인도에서 물러나야 합니다. 우선 인도의 독립이 연합군에 어떻게 도움이 되는지부터 설명하겠습니다. 인도가 완 전히 독립하면 자유 의지로 세계 평화에 기여할 수 있습니다. 제 기능을 하지 못하고 영국의 발아래 시체처럼 쓰러져 있는 인도는 오늘날 연합군에게 거대한 짐일 뿐입니다. 미국도 연합군을 주축 으로 엄청난 양의 전쟁 자금과 무기, 자원을 지원하고 있기 때문 에 이 문제에서 완전히 자유로울 수는 없습니다.

질문   완전한 독립이 보장되면 미군과 연합군이 인도에서 작전을 수행할 수 있다고 봅니까?

답변　그렇습니다. 완전한 독립이 보장돼야만 진정한 협력이 가능합니다. 그렇지 않으면 아무리 노력해도 결국 무위로 끝나고 말 것입니다. 지금은 영국이 인도를 지배하고 있기 때문에 인도의 자원을 가져다 쓰고 있지만 독립을 보장한다면 언제 어디서나 자유 인도의 진정한 지원을 받을 수 있을 것입니다.

질문　영국의 식민 지배하에 있는 인도는 연합군의 대 일본 전쟁에 방해가 된다고 생각하십니까?

답변　그렇습니다.

질문　그렇다면 현재 병력을 인도에서 완전히 철수해야 한다고 보십니까?

답변　꼭 그럴 필요는 없습니다.

질문　이 부분에 관해서 오해가 많은 것 같습니다.

답변　「하리잔」 이번 호에서 이에 관한 내 생각을 자세히 밝혔으니 읽어 보길 바랍니다. 연합군의 완전 철수를 전제로 인도의 완전 독립을 이야기하는 것은 아닙니다. 또 일본의 침략에 맞서 싸워야 하기 때문에 실질적으로 연합군에게 철수를 요구할 수도 없습니다.

질문　영국이 이번 제안을 거절한다면 어떻게 할 것입니까?

답변　영국이 거절한다면 전 세계가 우리의 다음 움직임을 통해 확실히 알 수 있을 것입니다. 영국의 군사작전을 방해하지는 않겠지만 영국과 전 세계의 관심을 끌 것은 분명합니다. 영국이 중국을 지키려면 인도가 식민지 상태로 남아야 한다는 논리로 나의 제안을 거절하는 것은 옳지 않습니다. 나는 이렇게 모욕적인 처사를 받아들일 수 없습니다. 오히려 인도가 독립해야만 중국을 지키는 데 도움이 될 것입니다. 지금은 인도가 중국에 실질적인 도움을 주고 있다고는 생각하지 않습니다. 영국은 인도의 무참無斬 정책을 이용해 인도를 더욱 탄압하고 있습니다. 현재 인도는 무참 정책을 고수하는 대가로 수천 명에 달하는 주민들이 갈 곳 없이 경작지와 집에서 쫓겨나고 있습니다. 인도가 만약 식민지가 아닌 독립국이었다면 이런 일은 없었을 것입니다. 나는 인도가 이런 취급을 받는 것을 참을 수가 없습니다. 이는 더 심한 수모와 노예 상태를 의미하고 국민 전체가 이런 상황을 받아들이면 자유는 영원히 사라질 것입니다.

질문　선생님은 더욱 자유로운 시민 활동을 요구하고 있는데, 그러면 군사 활동에 방해가 되지 않겠습니까?

답변　잘 모르겠습니다. 나는 완전한 독립을 원할 뿐입니다. 군사 활동으로 탄압이 커진다면 나는 여기에 저항할 수밖에 없습니다. 나는 나의 자유를 대가로 도움을 주는 자선가가 아닙니다. 시체는 살아 있는 몸에 아무런 도움을 주지 못합니다. 인도와 아프리카 흑인들을 강제로 지배하는 죄를 짊어지고 있는 한, 연합군은 이번 싸움에서 어떠한 도덕적 명분도 주장하지 못할 것입니다.

질문　인도가 영국에서 독립하는 데 미국이 도움을 줄 것 같습니까?

답변 그렇습니다.

질문 성공할 가능성은 있습니까?

답변 모든 가능성이 있다고 생각합니다. 인도의 대의가 옳다고 확신한다면 미국도 정의의 편에 서서 우리를 도와줄 것으로 기대합니다.

질문 미국 정부가 영국의 인도 통치를 지지할 것으로는 생각하지 않습니까?

답변 부디 그러지 않기를 바랍니다. 하지만 영국은 외교술이 뛰어난 나라이므로 미국이 영국의 인도 통치를 지지하지 않고 루스벨트 대통령을 비롯해 많은 미국인이 인도에게 도움을 주더라도 실패할 가능성은 있습니다. 영국은 미국에서 인도의 독립에 반대하는 조직을 매우 효율적으로 운영하면서 인도를 지지하는 소수의 목소리는 들리지 않게 막아버립니다. 게다가 정치 제도가 매우 엄하기 때문에 여론이 정부에 큰 영향력을 미치지 못합니다.

질문 시간이 오래 걸릴 수도 있을 것 같은데요?

답변 인도는 이제 더 이상 기다릴 수 없을 만큼 오래 기다렸습니다. 4억이 넘는 인도 국민이 이 전쟁에서 아무런 목소리도 내지 못하고 있다는 것은 큰 비극입니다. 인도가 자유롭게 자신의 역할을 할 수 있다면 일본의 전진을 막고 중국을 지키는 데 일조할 수 있을 것입니다.

질문 인도가 독립한다면 구체적으로 어떻게 중국을 도울 수 있나요?

답변 지금 당장 구체적인 활동을 밝힐 수는 없지만 많은 일을 하게 될 것입니다. 독립 후에 어떤 정부가 들어설지 아직은 알 수가 없습니다. 현재 인도의 다양한 정치 조직들이 적절한 해결책을 찾을 것으로 기대합니다. 그러나 이 조직들은 강력한 정당이 아닌데다가 영국의 의견을 매우 중요하게 생각하기 때문에 영국의 기대에 따라 행동하고 있습니다. 그래서 부패와 부정이 만연해 있는 상태이죠. 시체가 다시 살아나기를 누가 기대하겠습니까? 현재 인도는 연합군에게 무거운 짐에 불과합니다.

질문 무거운 짐이라는 것은 영국과 미국의 이익을 인도가 위협한다는 뜻인가요?

답변 그렇습니다. 희망이 사라지고 암울에 빠진 인도가 언제 어떻게 할지 모른다는 것이 위협입니다.

질문 미국이 영국에 압력을 행사한다면 선생님의 강력한 지원을 받을 수 있습니까?

답변 73세의 늙은이가 무슨 도움이 되겠습니까? 하지만 강력한 자유 국가 인도는 무엇이든 협력할 것입니다. 나도 당연히 도울 것입니다. 하지만 내가 할 수 있는 것은 매주 글을 써서 게재하는 정도이고, 인도는 이보다 훨씬 막강한 영향력을 발휘할 수 있습니다. 지금 인도는 불만이 가득 싸여 있는 상태라 일본의 진군을 크게 반대하지 않는 분위기입니다. 하지만 인도가 독립하면, 일본에 맞서 자유와 독립을 지킬 것이기 때문에 연합군에도 큰 도움이 될 것입니다.

질문   더 구체적으로 물어봐도 되겠습니까? 버마나 러시아의 경우와
       다르다는 것입니까?

답변   그렇습니다. 버마는 인도에서 분리된 후에 독립할 수도 있었지만
       낡은 정치에 사로잡혀 그렇게 하지 못했습니다. 버마 국민은 거
       의 협력하지 않았고 적대감과 타성만 가득했습니다. 버마는 자
       국이나 연합군, 그 누구를 위해서도 싸우지 않았습니다. 그렇다
       면 이제 앞으로 일어날 수 있는 일을 생각해봅시다. 연합군이 일
       본군에 밀려 인도에서 철수한다면 인도 전체가 일본에 반기를 들
       고 저항할 것이라고 말하기 어렵습니다. 오히려 버마의 경우처럼
       스스로의 지위를 떨어트리는 행동을 하지 않을지 걱정이 됩니다.
       나는 인도가 마지막 한 사람까지 일본에 대항하기를 바랍니다.
       인도가 독립국이었다면 상황은 지금과 달랐을 것입니다. 모든 당
       파는 일치단결했을 것이 분명합니다. 오늘 당장 인도가 독립한다
       면 강력한 동맹군이 될 것이라고 확신합니다. 제삼자가 무자비하
       게 휘두르는 영향력에서 벗어나면 정당들은 현실과 대면하고 열
       을 좁혀나갈 것입니다. 나는 우리를 갈라놓았던 영국이 사라지면
       집단 간의 분열도 십중팔구 사라질 것이라고 확신합니다.

질문   자치령의 지위로는 부족합니까?

답변   부족합니다. 어중간한 조치는 진정한 독립이 아니니까요. 인도를
       지배하는 것은 옳지 않습니다. 이제 인도를 놓아주고 잘못을 바
       로잡아야 합니다. 전쟁에서 확실히 승리하려면 인도가 독립하여

자신의 역할을 하도록 해야 합니다. 이는 어느 날 갑자기 떠오른 것이 아니라 오랫동안 심사숙고한 끝에 내린 결론이기 때문에 문제가 없을 것입니다. 나는 일본에 협조할 마음이 조금도 없습니다. 그리고 인도의 독립은 비단 인도뿐 아니라 중국과 연합군에게도 매우 중요하다고 확신합니다.

질문 정확히 어떤 단계를 통해 중국을 구할 수 있습니까?

답변 인도 전체가 일본에 등을 돌릴 수 있습니다. 물론 지금은 그렇지 않습니다. 애틀리도 이를 알고 있으며, 정상적인 애국자라면 이를 걱정할 것입니다. 나도 이를 걱정하고 있지만 그와는 완전히 다른 결론에 도달했습니다. 대영제국의 발아래 엎드려 있는 인도는 일본의 발아래 엎드려 있는 중국과 같습니다. 깜짝 놀라시겠지만 이렇게 말할 수밖에 없습니다. 사실 자유를 빼앗긴 4억 인도 국민을 생각해보면 그리 놀랄 일도 아닙니다. 인도 국민은 미개인이 아닙니다. 우리는 뛰어난 고대 문명과 문화, 다양한 언어를 보유하고 있습니다. 영국은 이러한 국민을 노예로 부리는 것을 부끄러워해야 합니다.

인도의 자업자득이라고 말하는 사람도 있을 것입니다. 그 어떤 나라도 다른 나라를 노예로 부릴 권한이 없다는 것을 그들에게 말해주고 싶습니다. 설령 노예가 되고 싶어 하는 나라가 있다고 하더라도, 그들은 노예로 구속하는 것은 존엄성을 훼손하는 것입니다. 미국도 아직 노예제도가 있으니 이 문제에서 자유롭다고는

할 수 없을 것입니다.

질문 미국 말입니까?

답변 그렇습니다. 미국에는 적법 절차를 거치지 않고 흑인들을 사형시
키는 린치법과 인종차별이 존재하니까요. 하지만 이 자리에서 이
러한 문제를 자세히 언급하지는 않겠습니다.

4

승리

1947

1947년 영국 총리가 인도의 완전한 자치를 약속하였다.
국민회의와 이슬람 동맹이 이에 동의하면서 과거의 인도는 파키스탄과 인도
두 개의 국가로 분리 독립하게 되었다. 종교의 화합을 꿈꾸었던 간디는 이러한 결정에
반대하였으나 국내의 평화와 안정을 위해 마지못해 찬성표를 던졌다.
인도와 파키스탄은 각각 독자 정부를 수립함으로써 새로운 혼란기에 들어서게 된다.
이러한 정치 경제적 혼란 속에서 간디는
이슬람교와 힌두교의 화해를 위한 단식을 시작한다.

뉴델리 기도회 연설

1947년 7월 9일

형제자매님,

오늘 저는 총독을 만나고 왔습니다. 우리는 아직 자유를 쟁취하지 못했습니다. 하지만 적개심은 우리 사회 여기저기에 만연합니다. 적개심을 품은 이들은 전차를 세우고 사람을 칼로 찌르거나 약탈하는 행위를 일삼고 있습니다. 자유가 태양이라면 아직 인도에는 태양이 뜨지 않은 것 같습니다. 총독은 저를 친구라고 부르지만 제가 어떻게 총독의 친구가 될 수 있겠습니까? 저는 청소부와 가난한 이들의 친구일 뿐입니다.

어제 누군가가 1940년 제가 폭력의 기운이 느껴진다고 말한 것을 들었다면서 지금은 무엇이 느껴지느냐고 묻더군요. 솔직히 지금 인도의 상황이 좋다고 말하기는 어렵습니다. 무정부 상태라 해도 과언이 아닙니다. 기금을 횡령하고 부정한 방법으로 재산을 축적하는 이가 늘어나고 있습니다. 힘없고 선량한 시민들은 어쩔 수 없이 가진 것을 내놔야만 합니다. 지금 인도에서는 거짓과 폭력, 증오와 불신의 기운이 느껴집니다.

이러한 배경에서 지난 6월 3일 총독은 힌두교와 이슬람교, 시크교가 합의한 분리 독립안을 발표했습니다. 그러자 곳곳에서 절도, 약탈, 방화, 살인 등의 폭력 사태가 발생했습니다. 어제 만난 그 사람이 이것이 당신이 생각하는 사랑이냐고 비아냥거

렸습니다. 제가 그토록 오랫동안 추구해온 진리는 도대체 어디에 있느냐고 묻더군요. 지금 우리는 누가 더 지위가 높고 낮은 지에만 관심을 기울이고 있습니다. 지금까지 제가 말씀드렸던 관용은 어디로 갔습니까? 관용이 없다면 이는 누구의 책임인가요? 총독인가요? 아니면 다른 누군가의 책임인가요? 저는 인도 전역에서 악취가 진동하는 것은 전적으로 저의 책임이라고 말씀하고 싶습니다. 저는 지난 30년 동안 인도에 진리와 비폭력을 전파해왔습니다. 제가 진리와 비폭력을 제대로 전파했더라면 인도는 지금과 달랐을 것입니다. 영국이 물러나면 영국 치하에서 지켜왔던 법과 질서도 함께 사라지는 것입니까? 심지어 사티아그라하[무저항 불복종]를 말하는 이들도 폭력을 마음에 품고 무기를 들 기회만 기다려온 것 같습니다. 제가 꿈꿔온 스와라지[독립]는 아직 멀었습니다. 이렇게 동포간의 분쟁을 더는 보고 싶지 않습니다. 저는 독립을 위해 싸우는 투사로서 물탄, 라왈핀디, 가르무크테시와르, 비하르주, 벵골 지방에서 일어난 일로 눈물을 흘리고 싶지 않습니다. 그렇다고 폭동으로 죽고 싶지도 않습니다. 힌두교든, 이슬람교든, 시크교든 누가 됐든 이런 광기 어린 폭동에서 살아남는다고 확신하지는 못할 것입니다. 칼로 이룬 승리는 아무런 가치가 없습니다. 우리는 지금이라도 폭력을 버리고 비폭력의 길을 따라야 합니다. 비폭력만이 모두가 행복해질 수 있는 유일한 길입니다. 인류애를 기원하는 이들은 영국이 양 당파와 양 군대를 화해시키기를 바랍니다. 남은 시간 내에 화해를 이루고 정부 문제를 해결해 나가야 합니다. 8월 15일이 마지막 날이니 아직까지는 시간이 있습니다. 15일까지 화해를 하지 못한다면 이후에는 너무 늦습니다. 영국은 우리보다 강하고 군사력도 막강합니다. 영국이 군사 강국이 아니라고 생각한다면 이는 잘못 생각하는 것입니다.

누군가가 저에게 이렇게 말했습니다. "파키스탄에서는 무함마드 알리 지나가 총독이 됐는데, 왜 인도는 독립 후에도 영국 총독이 그대로 남아 있는 것인가? 국민회의는 인도의 독립을 위해 싸워왔지만 이슬람 동맹은 아무것도 한 것이 없다. 국민회의에서 시민 불복종이나 사티아그라하 운동을 할 때마다 이슬람 연맹은 협력을 거부해왔다. 그런데도 국민회의는 인도인을 총독으로 선출하지 못했다. 이는 공평하지 않다. 이는 우리가 영국에 머리를 조아려야 안전하고 그렇지 않으면 죽는다는 것을 의미한다." 8월 15일부터 시작되는 새로운 제도하에서는 총독이 영국인이든, 프랑스인이든, 독일인이든 아니면 갈색 피부의 인도인이든, 상관없다고 말씀드리고 싶습니다. 저라면 불가촉천민 소녀를 총독으로 세웠을 것입니다. 그래서 마운트배튼 경이 총독이 되어도 결국 그는 인도의 종이 될 뿐입니다. 그런 말은 순진한 애들한테나 통하는 것이라고 생각할 수도 있습니다. 마운트배튼 경은 왕실 출신으로 함부로 누군가의 종이 될 사람은 아닙니다. 그렇다고 그가 지난날을 보상할 것이라고도 기대하지 않습니다. 사실 저는 그와 매우 오랫동안 싸워왔습니다. 국민회의 지도자들이 마운트배튼 경에게 속았다고 생각하실지도 모릅니다. 하지만 자와할랄 네루, 사르다르, 라자지가 모두 너무 어리석어서 영국에 속았을까요? 앞에서 말씀드렸지만 저의 꿈은 아직 이루어지지 않았습니다. 그리고 마운트배튼 경은 저희가 원하기 때문에 총독이 될 수 있었던 것입니다. 만약 저희가 거부했다면 그는 총독이 되지 못했을 겁니다. 어쩌면 파키스탄은 이를 보여주기 위해 알리 지나를 총독직에 앉혔는지도 모릅니다. 우리는 이를 시기하거나 화를 내서는 안 될 것입니다. 그는 전 세계에 이슬람 세계를 보여주고 싶어 합니다. 그가 민중의 주인이 되는지 종이 되는지는 더 지켜봐야 할 것입니다. 하지만 신드족이 파키스탄을 거부한다면 파키스탄 총독은 이를 반드시 책임져야 할 것입니다. 그는 아부바커르, 오마르, 알리처럼 모두를 위해야 합니다. 이들 모두가 비폭력을 따르는 것은 아니었지만 다들 용감하고 기사도 정신이 있었습니다. 신문 보도에 따르면, 원래 인도와 파키스탄에는 단일 총독을 두려 했다고 합니다. 하지만 알리 지나가 약속을 지키지 않았습니다. 그럼 그가 파키스탄 총독이 되는 것을 누가 막을 수 있었겠습니까? 제가 보기에 그의 행동은 옳지 않았습니다. 일단 합의를 했다면 마운트배튼 경을 총독으로 받아들이고, 이후 잘못된 점이 있다면 그를 물러나게 하면 될 것입니다. 이제 이슬람은 알리 지나를 통해 검증받게 되었습니다. 그는 전 세계가 보는 가운데 파키스탄 총독에 올랐습니다.

세계는 이제 파키스탄이 그의 지도하에서 어떤 미덕을 보여줄지 지켜볼 것입니다. 국민회의는 언제나 영국에 맞서 싸워 왔습니다. 자와할랄은 우직하지만 사르다르는 투사라서 영국을 믿어온 저와는 종종 충돌하기도 했습니다. 하지만 만약 사르다르가 영국의 계략에 빠졌더라면 저나 여러분은 무엇을 할 수 있을까요? 사르다르조차 마운트배튼 경이 인도의 초대 총독이 되어야 한다고 동의하는데, 우리가 반대해야 할까요? 우리는 마운트배튼 경이 총독으로서 인도를 잘 도울지 아니면 배신할지 지켜봐야 합니다. 이는 새로운 경험이 될 것입니다. 경험에는 지혜가 깃들어 있고, 우리는 잃을 것이 없습니다. 결국 우리는 마운트배튼 경의 조언에 따라 자치령 지위를 수용했습니다. 그는 해군 제독이자 위대한 전사입니다. 하지만 총독에 대한 우리의 기대를 저버린다면 언제라도 맞서 싸울 생각이 있습니다. 얼마 전 마운트배튼 총독을 만났을 때 자기가 엘리자베스 공주의 약혼자를 아들처럼 아끼는데 이들에게 축복의 편지를 써줄 수 있느냐고 부탁하더군요. 그래서 이틀 전 총독의 딸이 저를 만나러 왔을 때 공주의 약혼을 축하하는 편지를 전달했습니다. 총독의 딸은 매우 사랑스러운 소녀입니다. 기도 후에 의자에 앉으라고 권했더니 우리랑 같이 바닥에 앉더군요. 그리고 오늘 라즈쿠마리 암릿 카우르가 국왕에게는 아들이 없기 때문에 얼마 전에 약혼한 엘리자베스 공주가 차기 영국 여왕이 될 거라고 하더군요. 만약 총독이 악한 사람이었다면 저는 이 커플을 축복하지 않았을 것입니다. 하지만 저는 그를 악하다고 생각하지 않습니다. 자와할랄이나 사르다르 파텔이 총독이 되었다면 오히려 더 위험했을 수도 있습니다. 그리고 총독은 실질적인 힘이 없기 때문에 자와할랄 네루 수상과 내각의 결정에 따라 행동합니다. 다시 말해 총독은 명목상의 대표일 뿐입니다.

우리는 마운트배튼 경이 엄청난 지위를 가지고 있고, 영국은 악행만 자행한다는 생각을 품고 있습니다. 따라서 앞으로 그는 우리에게 공정하고 정의롭게 행동하는 모습을 보여줘야 할 것입니다. 그리고 저는 그가 공정하고 정의롭게 맡은 바 임무를 수행할 수 있으리라 믿습니다.

인도와 파키스탄에 관하여

나는 비폭력을 신조로 삼고 있다.

나는 지금까지 전쟁을 벌인 적이 없고 이는 누구나 마찬가지여야 할 것이다. 전쟁으로 과연 무엇을 얻을 수 있겠는가? 인도와 파키스탄이 각각 독자 정부를 수립한다면 어느 한쪽이 과오를 범한 경우 어떻게 서로의 정부를 상대로 정의를 지킬 수 있겠는가? 애초에 두 정부가 서로 협력했더라면 상황은 달라졌을 것이다. 인도와 파키스탄 정부가 도저히 함께 일할 수 없다면 중재자를 두는 방법도 있다. 하지만 중재자마저도 안 된다면 결국 전쟁에 휘말리고 말 것이다. 이것이 전쟁을 옹호하는 것처럼 들리는가? 나는 인도와 파키스탄 정부 모두에게 상호 협의하든지 아니면 중재자를 두라고 권한다. 하지만 어제 밝혔듯 파키스탄이 계속 인도를 강탈하려고 한다면 인도는 싸울 수밖에 없을 것이다. 나는 군사력이나 정치력이 없기 때문에 내가 정부를 대표했다면 아마 다른 길을 택했을 것이다. 하지만 지금 그 길을 걷는 사람은 나 혼자뿐이다. 누가 나를 지원할 것인가? 때가 되면 정부는 그 본분을 다할 것이다. 나는 앞으로도 계속해서 비폭력만을 외치겠지만 아무도 듣지 않는다면 내가 무엇을 할 수 있겠는가?

기도회 연설

1947년 10월 7일

우리 인도는 이제 우리만의 수상과 내각을 수립했습니다. 자와할랄 네루 수상은 국민을 위해 일해 온 인도의 보물 같은 존재입니다. 그리고 사르다르와 다른 정치인도 있습니다. 우리가 이들 정치인을 좋아하지 않는 걸까요? 오늘 자와할랄 네루 수상은 선한 힌두교도가 아니며 악한 사람이라는 말을 들었습니다. 사람들은 자기 말을 잘 듣고 이슬람교도를 쫓아내려는 지도자를 바랍니다. 솔직히 자와할랄 네루 수상은 그렇게 할 수 없으며 그것은 저도 마찬가지입니다. 저는 저를 독실한 힌두교도라고 생각합니다. 하지만 힌두교도가 아니면 인도에 살 수 없다고 생각하는 것은 아닙니다. 종교가 무엇이든 인도에 충성을 다한다면 저와 마찬가지로 인도 국민으로서 인도에 살 자격이 충분합니다. 소수파에 속해 있다고 해도 마찬가지입니다. 이것이 진정한 종교라고 배웠습니다. 저는 어렸을 때부터 종교가 다르다고 신의 왕국인 라마라지야에 들어갈 수 없는 것은 아니라고 배웠습니다. 이것이 제가 배운 힌두교입니다. 저는 권력도 없고 각료도 아닙니다. 그러나 자와할랄 네루는 수상이고 여러분이 원하면 그를 물러나게 할 수 있습니다. 그리고 사르다르가 있죠. 그가 누구인지 아십니까? 그는 바르돌리 출신입니다. 그에게는 이슬람교도 친구가 많은데, 그중에는 지금은 세상을 떠난 이맘 사헵 구자라트 의장도 있습니다. 그는 원래 남아프리카에 살았으나 모든 사업체를 포기하고 저를 따라 인도로 와줄 만큼 저와도 막역한 사이입니다. 이제 그는 세상을 떠나고 결혼한 딸만 남아 있습니다. 하지만 그의 딸은 이슬람교도입니다. 그렇다면 저는 그의 딸을 모른 체해야 할까요? 그녀는 이슬람교도지만 선량한 사람입니다. 그녀는 아직 자신이 인도에서 쫓겨날 수도 있다는 것을 모릅니다. 하지만 사르다르가 그녀를 쫓아낸다면 어디로 가야 할까요? 개인이 법을 집행할 수는 없습니다. 사르다르나 자와할랄이 법률을 제정할 수 있을지는 모르지만 이를 먼저 반포하고 국민에게 집행을 맡길 수는 없습니다. 영국 식민지 시절에는 가능했을지 몰라도 지금의 정부하에서는 그럴 수 없습니다. 과거 영국의 행위를 비판하던 우리가 이제 와서 그들과 똑같은 짓을 해야 할까요? 우리는 이를 묵인하지 않을 것입니다. 제가 할 말은 이것뿐입니다.

5

결말

1948

종교적 화합이 실패하면서 간디의 단식은 계속되었고
1월 30일 힌두교 광신자에 의해 뉴델리에서 암살당했다.
간디의 비극적인 죽음에 전 세계가 애도를 보냈다. 그는 인류 역사에 크게 기여했으며,
전 세계적으로 인정받는 자신만의 독립운동을 펼쳤던 사람이었다.
마하트마(위대한 영혼)라는 칭호에 걸맞게 살았던 그는
비록 79세의 나이로 세상을 떠나게 되었지만
사람들의 마음에 영원히 살아 숨 쉬고 있다.

아래는 간디 전집에 실린 글 중 그가 암살당하기 전에 마지막
으로 남긴 글이다.

1948년 1월 13일자 「봄베이 크로니클」 기사

얼마 전 굴람 모하메드 파키스탄 재무장관이 인도가 파키스탄
정부에 지불하기로 한 지원금과 관련하여 언론 성명서를 발표
했다. 굴람 모하메드는 하이데라바드 주 재무장관이자 큰 사업
에 참여하는 국가 공무원으로 막중한 책임을 지고 있다. 그런
그가 거짓된 내용의 성명서를 발표할 것이라고는 아무도 예상
하지 않았을 것이다. 하지만 파키스탄 정부가 이번 성명서뿐 아
니라 카슈미르 지역 문제와 관련해서도 독자적으로 행동하는
바람에 재정지원 문제가 엉망이 되어버렸고, 이러한 상황 속에
그는 직책에 맞는 분별력과 판단력을 발휘하지 못하고 동네 불
량배나 공갈범처럼 행동했다.

내가 다소 심하게 들릴 수 있는 말로 그를 칭하는 것은 그가
인도의 준비은행을 협박 및 회유하고, 원하는 몸값을 얻기 위해
인도 정부를 비난하고, 협박만으로도 인도 정부가 태도를 바꿀
것이라는 판단하에 국제 여론을 조성하려고 했기 때문이다. 절
망적인 상황에서 다소 극단적인 방법을 선택한 것을 이해 못하

는 것은 아니지만, 이렇게 회담을 방해할 시간에 한 나라의 재무장관으로서 더 균형 잡힌 접근법을 취하는 편이 옳을 것이다. 지금과 같은 극단적인 방법은 실패할 수밖에 없다. 그는 지금 수단과 방법을 가리지 않고 목표를 달성하려는 열의가 지나쳐 현실을 보지 못하고 있다.

"카슈미르 지역 문제가 이렇게 복잡해지리라곤 조금도 예상하지 못했다"라면서 인도 정부를 비난한 그의 성명서를 살펴봐야 하는데 그러려면 지금까지의 협상 과정을 먼저 이해해야 한다. 인도와 파키스탄 대표단은 카슈미르 지역을 포함한 양국 문제를 해결하기 위해 11월 마지막 주에 회담을 열었다. 이번 회담은 국토 분할뿐 아니라 카슈미르 지역과 난민 등 다양한 문제를 논의하는 자리였다. 11월 26일 회담이 열렸고 대표단은 긍정적이고 호의적인 분위기에서 카슈미르에 대해 논의했다. 다음날에는 재정과 기타 중요한 문제를 논의하면서 독립 지원금 분할 및 비커버 채무 공동 부담에 관해 잠정 합의했다. 파키스탄 대표단은 서둘러서 합의문을 발표하자고 재촉했지만 우리는 당일 저녁, 회담이 완전히 끝나고 믿을 수 있는 성명서를 발표하기 전까지는 추측성 기사를 삼가 달라는 공문을 언론사에 보냈다.

당시 내가 언론에 보낸 공문 내용은 이렇다. "현재 여러 가지 중요한 문제를 해결하기 위해 최선을 다하고 있지만 섣부른

추측은 회담에 방해가 될 수 있습니다. 현재 확실한 것은 양국이 회담을 진행하고 있고 파키스탄 수상과 재무장관이 토요일까지 머물 예정이라는 것입니다. 이번 회담이 모두 끝나면 자세한 성명서를 발표할 것입니다. 따라서 그때까지는 개별 문제에 관한 잠정 합의 내용을 보도하는 것은 시기상조입니다."

다음날 아침 나는 총독 관저에서 열린 회의에서 파키스탄 수상과 재무장관에게 언론에 보낸 성명서를 전달했다. 그러면서 중요한 문제를 모두 합의하기 전까지는 개별 사항에 대한 합의는 최종이 아니며, 카슈미르 문제를 해결하기 전까지는 어떠한 지원금도 지불하지 않겠다는 것을 분명히 했다. 이에 따라 합의한 내용은 전혀 발표하지 않았다. 그 사이에 대표단은 회담 일정을 연장하였고 카슈미르를 비롯한 다른 중요한 문제에 관해 보다 다양한 관점에서 논의했다. 그리고 12월 1일 국토 분할과 관련된 중요한 문제를 모두 합의한 후 비공식 합의 사항은 서둘러 협의회에 알렸고 다음날 이를 서면으로 작성했다. 하지만 이때도 다음 라호르 회담에서 카슈미르와 다른 문제들은 모두 합의하기 전까지는 합의 내용을 발표하지 않기로 했다.

12월 3일 양측은 긍정적인 전망하에 8일과 9일 라호르에서 추가 회담을 열고 세부 사항을 합의한다는 합의문을 중재 재판소에 제출했다. 그리고 약속대로 8일과 9일 양일간 라호르에서 회담을 재개했다. 하지만 그 사이에 파키스탄 정부는 인도에서 지원하기로 한 지원금 5억 5천만 루피를 미리 받기를 바랐고 우리는 당연히 이를 거부했다. 그러자 12월 7일 파키스탄 위원장이 재정 문제를 합의했다고 언론과 인터뷰하면서 우리를 압박하기 시작했다. 이는 회담이 완전히 끝난 후에 공식 성명서를 발표하자던 당초 합의를 어긴 것이고 매우 부적절한 행동이었다. 우리는 재정 문제에 관한 파키스탄의 의견을 존중하여 12월 9일 입법부에 간단한 성명서를 제출하자는 데 합의했지만, 기본적으로는 기존 입장을 고수했으며 라호르 회담에서도 이를 확실히 했다. 그리고 이때까지 파키스탄 정부가 보여준 행동만으로도 그들의 노림수는 분명해 보였다.

델리에서 회담할 때만 해도 최종 합의가 머지않아 보였으나, 우리가 언론에 발표한 기존 입장을 고수하고 파키스탄이 카슈미르에 대해 강경한 입장을 보이면서 성공적인 마무리를 장담하기 어려워졌다. 그래서 나는 카슈미르 문제를 합의하면 가능한 한 빨리 합의문을 이행해야 한다는 성명서를 12월 9일 의회에서 발표할 생각이었다. 당시 파키스탄 정부에서는 이 성명서에 대해서 알지 못했다. 그리고 12일 나는 파키스탄 위원장에게 양측이 얼마나 성의를 가지고 협력하느냐에 따라 합의문을 이행 여부가 결정된다고 강조했다. 카슈미르 또한 양측에서 적극적으로 협력해야 하는 문제 중 하나였다. 당시까지 파키스탄은 아무런 이의도 제기하지 않았다. 우리 측에서도 5억 5천만 루피를 선지급하지 않겠다는 기존 입장을 계속 고수했다. 그리고 12월 22일 카슈미르에 관한 최종 회담이 열렸다. 이때 처음으로 파키스탄 수상이 5억 5천만 루피를 즉시 지급해달라고 요구했다. 하지만 우리는 지원금과 카슈미르 문제를 함께 처리하고 이행하겠다는 기존 입장을 분명히 했다. 그리고 12월 30일, 합의안은 지지하지만 파키스탄 정부가 카슈미르 문제에 관해 적대적 태도를 취함에 따라 지원금 지급을 연기하겠다는 전보를 보냈다.

지금까지의 사정에서 알 수 있듯이 우리가 파키스탄을 부당하게 대하거나 합의를 위반한 것이 아니다. 오히려 파키스탄 정부가 원하는 지원금을 받기 위해 카슈미르 지역 문제의 심각성을 축소하고, 다른 중요한 양국 문제에 대해서는 전혀 언급하지 않은 채 독자적으로 언론에 발표하는 계략을 부린 것이다. 우리는 지금까지 파키스탄 위원장과 재무장관의 이러한 계략에 맞서는 동시에 인도와 파키스탄 두 형제국 간의 우호적이고 평화적인 관계를 형성하고 유지하는 과정의 일환으로 성심을 다해 이번 회담에 임해 왔다.

또한 지원금 문제를 합의할 때 분리 독립 협의회에 분명히 밝혔듯이 파키스탄이 부유한 이웃 국가로 성장할 수 있도록 관대하게 행동해왔다. 그리고 양국이 합의하지 못한 다른 문제에 관해서도 파키스탄이 답해주기를 바랐다. 파키스탄 위원장과

아치볼드 롤랜드 경(前 총독 자문위원회 재무위원)이 성명서에서 밝혔듯이 분리 독립 지원금은 파키스탄 경제에 큰 도움이 될 것이다. 그래서인지 파키스탄 정부는 지원금에만 높은 관심을 보이고 다른 주요 문제에 관해서는 인도 정부의 제안에 답해야 하는 기본 의무조차 저버렸다.

또한 인도 정부는 공정하고 평화로운 합의를 위해 파키스탄 정부보다 전체적인 관점에서 의무를 다해왔다. 우리는 선의와 관용, 우호적인 정신에서 현재 논란이 되고 있는 모든 문제에 접근해야만 양국 간에 우호적인 관계를 회복할 수 있다고 생각했다. 하지만 파키스탄 정부는 우리의 관대한 태도를 과도하게 이용하면서 이기적인 모습을 보여 왔다. 그때도 그랬지만 지금도 전체적인 관점이 필요하다. 인도는 4년간의 지불 유예 기간 후에 장기간에 걸쳐 부채를 동등하게 분할하여 지불하겠다는 파키스탄의 약속만 믿고 분리 이전 인도가 가지고 있던 부채를 모두 떠안았다. 따라서 12월 12일 성명서에서도 밝혔지만 인도는 회담 자체가 중단되고 기존에 합의한 사항까지 모두 백지화되어 양국의 신뢰 관계와 지원금 합의가 위태로워지지 않도록 대비해야 한다.

그리고 협정 이행을 연기하여 카슈미르에 관한 파키스탄의 공격적인 태도에 맞서야 한다. 우리는 이미 합의 사항을 지지한다고 파키스탄 정부에 여러 차례 밝혔다. 또한 지원금 관련해서는 인도 정부가 언제까지 지원금을 지불해야 한다고 날짜를 규정하지 않았고, 무력 분쟁이 계속되고 있으며 채무 인수나 자금 분할 등을 비롯해 재정 합의의 전반적인 기반이 무너질 수도 있는 상황이므로 파키스탄이 인도에 지원금을 독촉하는 것은 적절하지 못하다. 파키스탄 재무장관은 5억 5천만 루피가 본인들의 것이라고 주장하지만 1947년 8월 14일 분리 독립 협의회가 파키스탄 정부에 2억 루피를 지급하도록 결정한 이후 분리 전 인도 정부가 준비은행에 다음을 지시한 사실을 간과한 것 같다.

"14일 중앙 결산 현금 잔고에서 4억 루피의 절반인 2억 루피를 파키스탄에 지급하고 15일 개시 잔고로 잔액을 인도 자치령에 지급하십시오."

당시 파키스탄 재무부는 여기에 아무런 이의를 제기하지 않고 지지했다. 따라서 은행 계좌에 관한 한 분리 이전의 구(舊)정부 앞으로 남은 잔고는 없으며 인도 자치령만이 파키스탄 정부에 지원금을 지급할 수 있다. 이와 관련하여 분리 독립 협의회 회의록에는 "구인도 정부의 현금 잔고와 투자 계정 지분에 대해 최종적으로 합의하면, 이미 지급한 2억 루피 외에 5억 5천만 루피를 파키스탄 정부에 추가 지급한다"라고 기록되어 있다. 따라서 지원금은 인도 정부가 지급하기 전까지 파키스탄의 것이 아니며 인도 정부가 구체적으로 지시하지 않는 한 움직일 수 없는 준비은행을 파키스탄 장관이 협박하고 회유한 것은 적절하지 못한 행동이었다. 그는 인도 정부가 파키스탄에 대한 의무를 제대로 이행하고 있지 않다며 고의적이고 악의적으로 비난했다. 하지만 이러한 비난은 전혀 근거가 없고 사실도 아니다. 내가 알기로 인도의 준비은행은 이달 6일 처음으로 카라치에 있는 준비은행 부총재에게 5억 5천만 루피를 보내라는 요청을 받았다. 그리고 부총재의 요청을 받은 총재가 적절한 답변을 보낸 것으로 알고 있다. 준비은행이 파키스탄 정부의 요청에 관해 언급하자 인도 정부는 은행에서 단독으로 결정할 사항이 아니라는 점을 분명히 했다. 실제로 인도 정부는 준비은행이 논란에 휘말리지 않도록 최선을 다했으며, 준비은행에 압력을 행사한 것은 오히려 파키스탄 재무장관이다. 파키스탄 정부가 정당한 동기와 목적에서 이렇게 행동했다고 생각하지는 않는다.

지금까지 파키스탄 재무장관의 주장이 얼마나 왜곡되고 터무니없는지 자세히 설명했다. 인도 정부는 처음부터 양국 간 주요 문제를 함께 협의하고, 이행해야 하며, 지원금만 별도로 지급할 수 없다는 입장을 고수했다. 따라서 인도가 합의 내용을 부인한다는 것은 있을 수 없는 일이다. 우리는 회담을 통해 합의 사항을 이행할 수 있는 분위기가 형성되기를 바라고 있다. 파키스탄 정부가 지원금을 먼저 받기를 바란다면 이는 근본적인 합의 정신에 완전히 반하는 것이다. 따라서 우리는 협정의 근본을 해치고 합의 사항 이행에 악영향을 줄 수 있는 파키스탄의 책략에 맞서야 할 것이다.

정부 성명서
「힌두스탄 타임스」, 1948년 1월 16일

인도 정부는 파키스탄 정부와 합의한 협정을 준수하겠지만, 지원금 문제는 인도와 파키스탄 간에 진행하는 전체 협의 과정의 일부로 봐야 한다는 입장을 분명히 했다. 또한 파키스탄 재무장관의 주장은 사실이 아니며 인도에서 수용할 수도 없는 내용이라고 밝혔다. 인도 정부의 입장은 인도 부수상과 재무장관이 발표한 성명서에서 정확히 확인할 수 있다. 인도 내각은 성명서를 통해 합법적이고 정당한 인도 정부의 입장에 파키스탄 재무장관이 이의를 제기한 것에 유감을 표했다.

하지만 인도의 국부로 불리는 간디 선생이 단식을 감행하고 있어 인도 정부는 물론 전 세계가 우려의 눈으로 바라보고 있다. 정부는 간디 선생과 마찬가지로 인도와 파키스탄 양국 관계를 해하는 악의와 편견, 의심을 없앨 방안을 열심히 고심해왔다. 또한 양국 관계에 최대한 도움이 되고자 단식을 시작한 간디 선생이 단식을 끝내고 보다 건설적이고 창의적인 활동에 집중할 수 있도록 지원하는 방법을 찾아왔으며, 국가의 미덕을 훼손하지 않고 인도와 파키스탄 양국의 마찰을 최소화하기 위해 노력하고 있다.

간디 선생의 호소로 인도 정부는 국가의 명예와 이해에 맞춰 양국 간의 의심과 마찰을 불러오는 원인을 없애기로 했다. 이는 간디 선생이 단식을 끝내고 인도에 계속 봉사할 수 있도록 호의적인 분위기를 형성하고자 하는 간절한 바람에서 기인한 자발적인 행동이라 할 수 있다.

인도 정부는 파키스탄과 합의한 지원금 지급 협정을 즉시 이행하기로 했다. 기존에 말한 5억 5천만 루피에서 8월 15일 이후 인도 정부에서 사용한 비용을 제외한 나머지 금액을 파키스탄 정부에 지급할 예정이다. 이는 인도의 자랑스러운 전통에 따라 비폭력을 통해 평화와 선의를 추구해온 간디 선생의 노고에 정부가 부응할 수 있는 최선의 결정이다.

PART 3
어록

신문 및 저서로부터

간디는 자신이 깨달은 진리와 영국 식민지 지배의 진상을 알리기 위해
여러 신문을 발행했으며 끊임없이 글을 썼다.
「하리잔」,「영 인디아」,「나바지반」 등의 주간 신문을 통해 비폭력에 대한 이념과
생각을 전파하였으며 인도의 독립에 대한 독자들의 의견을 촉구하였다.
초기 작품『힌두 스와라지』는 인도 독립운동의 청사진으로 여겨졌고
1909년 구자라트어로 발행된 후 이듬해 영어로 번역 출간되기도 했다.
그의 작품은 채식, 건강, 종교, 개혁 등 광범위한 주제를 다루고 있다.

노력

성장에는 노력이 필요하다. 결과에 상관없이 노력해야 한다.

「영 인디아」, 1926년 10월 21일

최선이란 무엇인가? 포기하지 않고 전력을 다하는 것이다.

이렇게 순수하게 노력할 때 성공이 뒤따르는 법이다.

『바푸케 아시르바드』, 1945년 4월 17일

희망

실낱같은 가능성이라도 남아 있다면

나는 절대 희망을 버리지 않는다.

「영 인디아」, 1921년 7월 13일

증오

어떻게 누군가를 미워할 수 있는가? 우리가 미워하는 것은

그 사람의 행동이다. 행동을 미워하는 것은 우리의 품격을

높여주지만, 사람을 미워하는 것은 품격을 떨어트린다.

『간디와의 나날』, 2권

겸손

원수까지도 사랑하려고 노력해본 사람은

이것이 자력으로는 불가능하다는 것을 안다.

아힘사를 이해하지 못한다면 우리는 한낱 먼지에 불과하다.

사랑 안에서 성장하듯이 겸손 안에서 성장하지 못하면

아무것도 할 수 없다.

「영 인디아」, 1925년 6월 25일

진정한 겸손은 모든 열정을 다해 끊임없이

인류에 봉사하려는 노력을 의미한다.

『예라브다 감옥에서』

모두의 발에 묻은 먼지 같은 사람이 신과 더 가까이 있다.

『바푸케 아시르바드』, 1945년 7월 10일

우리가 다른 사람보다 나을 것이 없다는 것은

매우 진실하고 겸손한 생각이다.

『바푸케 아시르바드』, 1946년 5월 12일

죄와 죄인

고의든 아니든 잘못은 바로 시인하고

다시는 그러지 않겠다고 결심하라.

『아시람 자매에게』

죄를 뉘우친다면 그 죄가 더 늘어나지 않을 것이다.

『나의 인생철학』

큰 죄는 무엇이고 작은 죄는 무엇인가? 죄는 죄일 뿐이다.

그리 믿지 않는다면 자기 자신을 기만하는 것이다.

『바푸케 아시르바드』, 1946년 8월 9일

다른 사람들이 전혀 모르는 죄라도 스스로 자기 죄를 시인하고

이를 부끄럽게 여길 줄 안다면, 아무도 그를 비난할 수 없다.

『바푸케 아시르바드』, 1945년 11월 13일

성인

현생을 살아가는 사람에게 '성인'이라는 말은 어울리지 않는다.

겸손하게 진리만을 추구하겠다고 말하고, 한계를 알며,

실수도 하고, 실수를 저지르면 즉시 인정하고,

'영원한 진리'를 실험하지만 실험 방법이나 결과를

과학적으로 증명하지 못하기 때문에

과학자라고 주장할 수도 없는 나 같은 사람에게

이는 너무나도 신성한 말이다.

「영 인디아」, 1920년 5월 12일

아힘사[비폭력]

나는 아힘사의 이념보다 진리의 이념을 더 잘 이해하는 것 같다. 지금까지의 경험에 비춰볼 때, 진리를 포기하면 아힘사의 수수께끼도 풀지 못할 것이라고 생각한다. 다시 말하면, 나는 옳은 길을 따라갈 용기가 없는 것 같다. 결국, 진리든 아힘사든 의심은 언제나 믿음이 부족하거나 나약한 때에 생긴다. 그래서 나는 매일 신에게 믿음을 달라고 기도한다.

『자서전』

경제

도덕적이고 감상적인 사고를 무시하는 경제는 살아 있는 것 같지만 실제로는 생명이 없는 밀랍인형과도 같다.

『마하트마 간디의 말씀』

평화주의자

평화주의자는 공격이든 방어든 상관없이 모든 전쟁을 단호히 거부함으로써 자신의 믿음을 증명해야 한다.

「하리잔」, 1939년 4월 15일

실수

실수하지 않으면 발전할 수 없다.

『마하트마 간디의 연설문과 편지』

미각

새와 동물은 단순히 미각을 만족시키기 위해 먹지 않으며, 과식하지도 않는다. 반면 동물보다 뛰어나다고 자처하는 인간은 어떠한가! 음식을 탐하는 인간의 모습은 금수만도 못하다.

『간디의 건강철학』

미각을 통제할 수 없다면 다른 감각도 통제할 수 없다.

『나의 인생철학』

식사

'먹는 음식을 보면 그 사람을 알 수 있다'라는 말에는 많은 진실이 담겨 있다. 나쁜 음식을 먹을수록 몸도 나빠지는 법이다.

「영 인디아」, 1933년 8월 5일

신을 섬기는 도구로서 몸을 유지하기 위한 정도로만 먹는다면, 우리 몸과 마음이 건강해지며 우리 주변도 깨끗해질 것이다.

신문 보도, 1944년 11월 30일

기쁨

진정한 기쁨은 한입 가득 머금은 물이 아닌
한 방울의 물에서 나온다.

『마하데브 데사이의 일기』

공포

공포는 우리의 사기가 가장 크게 저하된 상태이다.

공포에는 특별한 이유가 없다.

무슨 일이 있더라도 용기를 잃지 말아야 한다.

「하리잔」, 1940년 6월 8일

결국, 공포는 두려움의 결과이다. 하지만 기도하는 사람은
두려움이 없다. 만약 기도해도 두려움, 공포, 집단 히스테리가
사라지지 않는다면, 헛된 기도만 올린 것이다.

『나의 인생철학』

악

악은 별개의 존재가 아니다.

선 또는 진리가 잘못된 것일 뿐이다.

『간디의 담화』

언제나 올바른 행동으로 악을 멸하면

결국 악에서 선을 이끌어낼 수 있다.

『마하트마 간디의 생애』

자녀 양육

부모는 (…)부와 명예를 얻기 위해 자녀들을 교육한다.

이로 인해 교육과 지식이 타락했으며, 학생들이 인생에서

당연히 누려야 할 평화와 순결, 행복이 사라져버렸다.

「영 인디아」, 1925년 1월 29일

증오

사람과 사람 사이에 영원한 증오는 없다고 생각한다.

「영 인디아」, 1931년 4월 2일

정욕

정욕을 자극하는 것을 모두 버리고 신의 도움을 구해야 한다.

「영 인디아」, 1929년 3월 14일

정욕은 바람보다도 빨라서

이를 완전히 가라앉히려면 무한한 인내심이 필요하다.

「영 인디아」, 1926년 5월 27일

정욕에 질 것 같으면 조용히 무릎을 꿇고 신의 도움을 구하라.

『자제와 방종』

남녀평등

인간은 평등하다. 성별과 키, 피부색, 지능은 각기 다르지만,

이는 일시적이고 피상적인 차이일 뿐이다.

이러한 껍질 아래 숨어 있는 영혼은 만국의 남녀가 동일하다.

「영 인디아」, 1927년 8월 11일

여러 가지 이유로 남자는 여자로 태어났으면,

여자는 남자로 태어났으면 하고 바랄 수 있지만,

이는 모두 부질없는 바람일 뿐이다. 타고난 대로에 만족하고

자연이 우리에게 부여한 의무를 수행하라.

「하리잔」, 1940년 2월 24일

소극적 저항

소극적 저항은 개인의 고행을 통해 권리를 보호하는 방법으로,

무기를 사용하는 저항과는 반대되는 개념이다.

『힌두 스와라지』

소극적 저항 정신을 제대로 이해했다면,

사람이 아닌 신만을 두려워해야 한다.

『마하트마 간디의 연설문과 편지』

소극적 저항자가 되는 것은 쉬우면서도 어려운 일이다.

소극적 저항자가 되어 국가에 봉사하려면, 순결을 지키고,

가난하게 살며, 진리를 따르고, 대담해져야 한다.

『진리와 선을 추구하는 사티아그라하』

봉사

겸손은 봉사의 기본 덕목이다. 타인을 위해 자신의 삶을 희생하

려는 사람은 자신에게 유리한 위치를 선점할 시간이 없다.

『예라브다 감옥에서』

봉사는 의무이고, 의무는 이행하지 않으면

죄가 되기 때문에 빚이 된다.

「영 인디아」, 1921년 7월 28일

타인에게 봉사하는 것을 자랑하거나 자랑스럽게 생각하기

시작하면, 더 이상 도덕적인 인간이 아니다.

『윤리적 종교』

자신의 모든 시간을 바쳐 타인에게 봉사하는 사람은

평생 끊임없이 기도하는 것과 같다.

「하리잔」, 1946년 11월 10일

인간은 신의 대리인으로서 살아 있는 모든 피조물을 섬기고,

신의 존엄성과 사랑을 보여줘야 한다. 섬김의 기쁨을 안다면

인생에서 다른 즐거움은 필요 없을 것이다.

『간디의 건강철학』

이기심이 전혀 없는 봉사는 그 자체로 최상의 종교이다.

「하리잔」, 1935년 5월 25일

진정한 봉사를 위해서는 후원금이 필요한 것이 아니다.

자기 일에 대한 절대적인 믿음과 변치 않는 사랑,

박애 정신을 가지고 있는 정서가 올바른 사람이 필요하다.

이런 사람을 찾는다면, 후원금은 자동으로 따라올 것이다.

「더 힌두」, 1915년 4월 27일

사회봉사는 조용히 행해야 효과가 있다.

오른손이 한 일을 왼손이 모르게 하는 것이 가장 중요하다.

이것이 봉사의 본질이 아니겠는가!

『초아의 봉사』

젊은이들이 사회에 봉사하려면 백지상태,

즉 순수한 마음으로 시작해야 한다.

「더 힌두」, 1927년 9월 12일

이웃에 봉사하는 것은 전 세계에 봉사하는 것과 같다.

사실 그것만이 우리가 세계에 봉사할 수 있는 유일한 길이다.

『아시람 실천 계율』

평정심

어떤 상황에서든 즐겁게 노래하고 춤출 수 있어야 한다.

(…)무슨 일이 일어나더라도 미소를 지을 수 있어야 한다.

『마하데브 데사이의 일기』

침묵

현인은 침묵을 통해 자아를 실현하고

외적인 삶과 내면의 균형을 맞출 수 있다고 말했다.

『바푸케 아시르바드』, 1946년 1월 1일

침묵보다는 말로 일을 그르치는 경우가 훨씬 많다.

『바푸케 아시르바드』, 1946년 2월 5일

침묵의 목소리는 절대 거부당하지 않는다.

「하리잔」, 1940년 7월 6일

침묵은 어려워 보여도, 조금만 연습하면 침묵이 좋아질 것이다.

침묵이 좋아지면 형언할 수 없는 평화가 찾아온다.

『마하데브 데사이의 일기』

과거

과거는 우리에게 속해 있지만 우리는 과거에 속해 있지 않다.

우리는 현재에 속해 있다.

우리는 미래를 만들어가지만 미래에 속해 있지는 않다.

『바푸케 아시르바드』, 1945년 11월 2일

옳은 길

옳은 길은 단순하지만 그만큼 어렵다.

그렇지 않다면 모두가 옳은 길을 따랐을 것이다.

『바푸케 아시르바드』, 1944년 12월 11일

말

말로는 말하는 사람의 의도를 판단할 수 없으며

듣는 사람에 따라 의도가 달리 전달될 수도 있다.

『사랑하는 자녀에게』

쓸데없는 이야기를 멈추고 중요한 문제에 대해서만

되도록 짧게 이야기한다면, 우리 자신은 물론

상대방의 시간도 아낄 수 있다.

『바푸케 아시르바드』, 1945년 6월 21일

말수가 적은 사람은 한마디 한마디를 고심하기 때문에
경솔하게 말하지 않는다. 침묵은 진리를 찾으려는 사람에게
큰 도움이 될 것이다.

『마하트마 간디는 이렇게 말했다』

건강

순수하지 않은 사람은 진정으로 건강하다고 말할 수 없다.
마음이 병들어있으면 몸도 병들 수밖에 없다.

『간디의 건강철학』

순수한 성격은 진정한 의미에서 건강의 근본 요소이고,
악한 생각과 정욕은 질병의 또 다른 형태이다.

『간디의 건강철학』

빈곤과 빈민

빈곤은 반드시 퇴치해야 한다.
하지만 산업화가 이에 대한 해답은 아니다.

「영 인디아」, 1926년 10월 7일

자립

사람은 태어날 때부터 죽을 때까지 다른 사람에게 의지한다.

자유는 마음의 상태를 의미한다. 따라서 사람은 언제나

다른 사람에게 의지하고, 그러지 않는 순간은 거의 없다.

『초아의 봉사』

평화

우리는 '하늘에는 영광, 땅에는 평화'라고 노래하지만,

오늘날 하늘에 영광도 없고 땅에 평화도 없는 것 같다.

「영 인디아」, 1931년 12월 31일

비평화에서 평화가 자랄 수는 없다. 이는 가시나무에서

포도를 또는 엉겅퀴에서 무화과를 따려고 하는 것과 같다.

이 문제를 깊이 생각할수록 이 근본적인 사실을

가장 먼저 이해해야 한다는 결론에 도달하게 된다.

「하리잔」, 1938년 6월 4일

평화는 전쟁으로 얻어낸 승리보다 영광스럽다.

「하리잔」, 1940년 7월 21일

평화는 반드시 지켜야 한다. 이를 위해서는 처벌이나 보복이

있어서는 안 된다. 강자는 절대 보복을 하지 않는다.

언론 성명서, 1945년 4월 17일

마음의 평화

우리는 자신의 내면에서 평화를 찾아야 한다.

진정한 평화는 외부 환경에 영향을 받지 않는다.

「영 인디아」, 1929년 11월 19일

마음의 평화가 없다면 외부의 평화는 아무 소용이 없다.

『바푸케 아시르바드』, 1946년 2월 9일

진정한 평화와 굳은 결의 없이는 신을 깨달을 수 없다.

『바푸케 아시르바드』, 1946년 5월 28일

마음

사람은 누구나 마음에 현을 가지고 있다.

마음의 현을 켜는 방법만 안다면 음악을 끌어낼 수 있다.

「하리잔」, 1939년 5월 27일

실제

실제로 증명해 보일 수 없는 것은

이론으로도 온전하지 않다고 생각한다.

『마하트마 간디의 기지와 지혜』

자기 정화

자기 정화의 길은 멀고도 험하다. 완벽히 순수해지려면

생각과 말, 행동에서 욕정을 모두 버리고 사랑과 증오,

애착과 혐오 같은 감정적 대립을 초월해야 한다.

「영 인디아」, 1929년 2월 7일

직언

직언이 무례한 것이라면, 나는 완전히 무례한 사람이다.

「하리잔」, 1935년 4월 20일

자아실현

견고한 마음 없이는 신을 깨달을 수 없다.

『바푸케 아시르바드』, 1946년 1월 28일

위대한 인물일수록 자아실현을 통해 더 크게 성장한다.

『바푸케 아시르바드』, 1937년 9월 19일

사람은 언제나 불완전한 상태로 남아있기 때문에,

언제나 완벽을 추구하는 것이다.

『마하트마』, 4권

구제하지 못할 정도의 악인은 없으며,

누군가를 악으로 규정하고 멸망시킬 만큼 완벽한 사람도 없다.

「영 인디아」, 1931년 3월 26일

시간

시간은 신뢰이다.

「영 인디아」, 1925년 11월 26일

헛되이 낭비한 시간은 절대로 되돌아오지 않는다.

우리는 이를 알면서도 얼마나 많은 시간을 낭비하고 있는가?

『바푸케 아시르바드』, 1945년 5월 20일

시간을 아끼고 싶다면 불필요한 일을 하지 않아야 한다.

『바푸케 아시르바드』, 1946년 7월 27일

시간은 무자비한 적이지만,

자비로운 친구이자 치유자이기도 하다.

「하리잔」, 1942년 6월 21일

인생에는 시간만이 해결할 수 있는 일이 있다.

자연이 치료를 끝낼 때까지 기다리는 수밖에 없다.

『사랑하는 자녀에게』

오만

자존심이 세고 오만한 사람은

잠깐은 성공할 수 있지만 결국에는 실패하고 만다.

『윤리적 종교』

자조自助

자조만 한 도움은 없다. 신은 스스로 돕는 자를 돕는다.

「하리잔」, 1935년 10월 5일

자조의 원칙을 아는 사람은, 실패를 자기 책임으로 받아들인다.

「영 인디아」, 1925년 1월 8일

비밀

모든 죄는 비밀리에 자행된다. 신이 우리의 생각까지도

들여다본다는 것을 깨닫는 순간, 우리는 자유로워질 것이다.

「영 인디아」, 1924년 6월 5일

정의에 대한 믿음

나는 정의가 번영할 것이라는 증거가 있기 때문이 아니라

정의는 반드시 번영해야 한다고 믿기 때문에 낙관론자이다.

정의가 승리할 것이라는 믿음에서만 영감을 얻을 수 있다.

「하리잔」, 1938년 12월 10일

나는 열심히 일할 때 인생의 즐거움을 느낀다.

내일 일은 걱정하지 않고 새처럼 자유로워진다.

(…)육체적 욕망과 끊임없이 정직하게 싸우고 있다는

생각이 나를 지탱해준다.

「영 인디아」, 1925년 10월 1일

믿음 없이 일하는 것은 밑 빠진 독에 물을 붓는 격이다.

「하리잔」, 1936년 10월 3일

교육

나는 교육의 주안점을 직업 훈련이 아닌 수공 훈련에 둔다.

문학, 역사, 지리, 수학, 과학 등의 과목을

수공 훈련을 통해 교육하는 것이다.

「하리잔」, 1937년 10월 30일

인생이라는 학교는

교과서로 지식을 배우는 학교보다 언제나 뛰어나다.

「하리잔」, 1939년 2월 18일

어느 학교에서든 경험이 가장 중요하다.

『바푸케 아시르바드』, 1945년 5월 2일

우리는 뜨거운 열정과 독창성을 가지고

학생들에게 무엇을 가르칠지 고민하는 교육자가 필요하다.

『마하데브 데사이의 일기』

가정은 전적으로 여성의 영역이기 때문에 여성이 가사,

아이들의 양육, 교육에 대해 더 많은 것을 알아야 한다.

『여성의 역할』

명예

언제나 머리를 구하려면 땅에 배를 대고 기어가는 것보다

다치고 붕대를 두른 머리를 들고 똑바로 일어서는 것이 낫다.

「영 인디아」, 1925년 4월 2일

명예를 존중하면 모든 궁핍이 즐거움으로 바뀐다.

「하리잔」, 1940년 2월 3일

자신

자신의 진정한 가치를 깨닫지 못하고 이를 지키지 않는다면

인생의 다른 것들을 어떻게 지킬 수 있겠는가?

『바푸케 아시르바드』, 1945년 7월 29일

조력자

불을 끄기 위해 물을 가져오라고 했을 때

재까지 모두 사라진 후에야 물을 가져오는 사람은

그야말로 형편없는 조력자이다.

「영 인디아」, 1922년 1월 2일

과장

과장도 거짓에 속한다.

「하리잔」, 1933년 3월 18일

흙 두둑을 산으로 만들려는 것은 인간의 본성이다.

현자만이 곡물에서 겨를 걸러낸다.

「하리잔」, 1947년 9월 21일

자아

자아가 죽으면 영혼이 깨어난다.

『바푸케 아시르바드』, 1946년 3월 29일

자아를 버리지 못하면,

자기 이해라는 달콤한 음식을 절대 맛볼 수 없다.

『초아의 봉사』

이기주의라는 어둠은

극도의 겸손이라는 밝은 빛으로 깨트릴 수 있다.

『바푸케 아시르바드』, 1945년 7월 26일

진리를 추구하는 자는 이기주의자가 될 수 없다.

타인을 위해 자신의 삶을 희생하려는 사람은

자신에게 유리한 위치를 선점할 시간이 없다.

「영 인디아」, 1930년 10월 16일

자아 버리기

험난한 길이 앞에 놓여 있다는 것을 안다. 나는 자신을 무無의
상태로 낮춰야 한다. 모든 피조물 가운데 자신을 마지막에 세우
지 않으면 구원은 없다. 아힘사는 극한의 겸손을 뜻한다.

『자서전』

운명

운명이 나의 일을 결정한다.

내가 일을 찾는 것이 아니라 일이 은연중에 나를 찾아온다.

남아프리카에서는 물론이고 인도로 돌아온 후에도 그랬다.

「영 인디아」, 1925년 5월 7일

내 인생을 변화시킨 책

내 인생을 실천적으로 변화시킨 책은 『나중에 온 이 사람에게 도Unto This Last』이다. 나는 이 책을 구자라트어로 번역하여 『사르보다야(우주적 깨달음)』라는 제목으로 출간했다. 러스킨의 이 위대한 책에서 나 자신의 확고한 신념을 발견했고, 그래서 이 책이 나를 사로잡아 내 인생을 변화시켰다고 생각한다.

『자서전』

정직성

정책은 그 자체의 정직성만큼만 정직하게 받아들여진다. 하지만 동기가 아무리 좋다고 해도 부정직은 받아들여지지 않는다.

「영 인디아」, 1927년 1월 12일

자신감

인류의 역사는 자신감, 용기, 인내심으로
리더십을 발휘했던 이들의 이야기로 가득하다.

『마하트마』, 3권

자기방어

위기의 순간에 자기 자신을 보호하지 못하는 사람은
불완전하기 때문에 사회에 부담이 된다.

「나바지반」, 1924년 6월 29일

진정한 자기방어는 보복하지 않는 것이다.

역설적으로 들리겠지만, 이것이 내가 말하려는 바이다.

고통이 뒤따를 수도 있으나 이러한 고통에

굴하지 않는 것이 진정한 자기방어이다.

「하리잔」, 1947년 8월 31일

부부

아내라는 존재는

남편의 인생을 진정시키고 억제하는 힘이 있다.

『간디와의 나날』, 1권

구원

나에게 구원은 조국에 대한 끊임없는 봉사와 인류애로 통한다.

나는 나 자신을 살아 있는 모든 것과 동일시하고 싶다.

「영 인디아」, 1924년 4월 3일

나의 인생은 모든 것이 따로 분리될 수 없는 하나이며,

모든 활동이 서로 연결되어 있다.

그리고 이 모든 것은 인류에 대한 끝없는 사랑을 키워줬다.

「하리잔」, 1934년 3월 2일

환자

환자는 먹고, 자고, 불평하고, 주변인을 괴롭힌다. 만약 불평하지 않고 주변인을 괴롭히지 않는다면 그 환자는 천사다.

『마하데브 데사이의 일기』

진리

만물을 베푸는 진리를 경배하는 것이 행복의 열쇠이다.

『바푸케 아시르바드』, 1945년 1월 7일

진리가 무엇인지 아는 이들은 왜 그것에 대해 말하기를 망설이는가? 부끄러워서? 누구에게 부끄러운가? 지위의 높고 낮음이 무슨 상관인가? 이는 우리를 망치는 습관일 뿐이다.

과거를 돌이켜보고 나쁜 습관은 반드시 버려야 한다.

『바푸케 아시르바드』, 1945년 1월 9일

진리에는 언제나 확고한 목표가 따라야 한다.

「마드라스」, 1946년 1월 26일

진실을 말하려면, 몇 번이고 말의 무게를 따져봐야 한다.

『바푸케 아시르바드』, 1946년 6월 4일

진리이신 신이 우리와 함께한다면 세상이 우리 편이든 아니든,
우리가 죽든 살든 무슨 상관이 있겠는가?

『바푸케 아시르바드』, 1946년 7월 17일

자기 자신에게 거짓말하는 것보다
세상에 거짓말하는 것이 백만 배는 더 낫다.

「영 인디아」, 1922년 2월 6일

진리를 모두 알아야 할 필요는 없다. 자신이 보는 만큼의
진리대로 살고, 가장 순수한 존재, 즉 비폭력에 의지해야 한다.

『마하트마 간디는 이렇게 말했다』

신뢰

나는 신뢰를 믿는다. 신뢰는 신뢰를 낳는다. 의심은 지독한 악
취만 풍길뿐이다. 믿는 사람은 세상 안에서 길을 잃지 않는다.
하지만 의심하는 사람은 세상은 물론 자신까지도 잃는 법이다.

「영 인디아」, 1925년 6월 4일

내가 누구나 맹목적으로 신뢰하는 것은 아니다.
하지만 우리는 타인의 신뢰를 얻기를 바라는 만큼
타인을 신뢰해야 할 의무가 있다.

『인도의 아버지 간디』, 1권

상호 신뢰와 상호 사랑은 신뢰와 사랑이 아니다. 진정한 사랑은
자신을 싫어하는 이들도 사랑하고 믿을 수 없는 이들도 사랑하
는 것이다. 믿을 수 있는 친구들만 사랑한다면 사랑이 무슨 소
용이 있겠는가? 도둑들도 그 정도의 사랑은 베풀 것이다.
하지만 그들은 신뢰가 사라지면 바로 적으로 변한다.

「하리잔」, 1946년 3월 3일

누구도 다른 사람을 미리 판단할 권리가 없다.
나는 신뢰받기를 바라는 만큼 신뢰할 것이다.

「하리잔」, 1947년 8월 24일

인내심

인내심이란 무엇인가? 샹카라차리아는 이렇게 말한다.
"해변에 앉아 풀잎으로 물을 한 방울씩 모아보아라.
인내심이 강하고 물을 모아둘 공간만 넉넉하다면
언젠가는 바닷물을 모두 비워낼 수 있을 것이다."
이는 인내심을 완벽하게 설명한 말이다.

『바푸케 아시르바드』, 1945년 3월 25일

누군가에게 수백 번을 말해도 듣지 않는다면,
더욱 열심히 노력하여 듣게 하라. 이것이 인내이다.

『바푸케 아시르바드』, 1946년 7월 20일

인내심을 잃었을 때는

침묵을 통해 마음을 진정시킨 다음 말해야 한다.

『바푸케 아시르바드』, 1933년

생각하기

우리는 개인의 욕심이 아닌

모두의 이익을 생각해야 한다.

『마하트마 간디 전집』

생각

언제나 생각과 말, 행동이 완벽히 일치하도록 노력하라.

생각을 정화하면 모든 것이 잘 될 것이다.

생각보다 더 강력한 것은 없다. 행동은 말을 따르고,

말은 생각을 따른다. 말은 강력한 생각의 결과이고,

생각이 강하고 순결하면 결과도 그러할 것이다.

「하리잔」, 1937년 4월 24일

모든 생각이 같은 힘을 갖는 것은 아니다. 순결한 삶으로 확고

히 다져지고 기도로 충만해진 생각만이 힘을 갖는 법이다.

「하리잔」, 1940년 7월 6일

사고의 영역에는 어떠한 한계도 없다.

『윤리적 종교』

고용주와 고용인

지금까지 고용주와 고용인의 관계는 주로 주인과 하인의
관계였으나 이제는 아버지와 자녀 같은 관계가 되어야 한다.

「영 인디아」, 1928년 5월 3일

불완전성

나는 유한한 삶을 살아가는 다른 사람들처럼 쉽게 실수하고
잘못을 저지르는 단순한 인간이다. 그러나 잘못을 고백하고
과거를 되돌아보는 겸손함을 가지고 있다. 나는 신의 존재와
그의 선함을 믿고 진실과 사랑을 끊임없이 추구한다.
누구나 이러한 마음을 가지고 있지 아니한가?

「영 인디아」, 1926년 5월 6일

실천적 몽상가

나는 신의 절대적 유일성을 믿고, 따라서 인류애도 믿는다.
몸이 아무리 많으면 어떠랴? 영혼은 하나뿐이다.
햇빛을 굴절시키면 여러 개로 나뉠 수 있지만
그 근원은 하나이다. 따라서 나는 가장 악한 마음에서 벗어날

수 없으며 동시에 고결한 마음을 가지지 않았다고 할 수 없다.

그래서 내 모든 성향을 실험에 포함시켜야 한다. 그렇지 않으면

아무런 실험도 할 수 없다. 인생은 끝없는 실험의 연속이다.

「영 인디아」, 1924년 9월 25일

나의 모든 잘못을 인정해야 한다.

나는 진리를 찾는 사람이므로, 최고의 장비를 갖춘

히말라야 원정대보다 나의 실험을 훨씬 중요하게 생각한다.

「영 인디아」, 1925년 12월 3일

나는 실천적 몽상가이다. 나의 꿈은 비현실적인 것이 아니다.

나는 꿈을 최대한 이루고 싶다.

「하리잔」, 1933년 11월 17일

나의 영적인 행동 중 비실천적인 행동이 있다면

이는 영적이라고 할 수 없다.

영적인 행동은 진정한 의미에서 가장 실천적이라고 믿는다.

「하리잔」, 1939년 7월 1일

영문학

이 세상에는 값을 매길 수 없을 만큼 아름다운 보석으로 가득

하지만, 이러한 보석이 모두 영어로 되어 있는 것은 아니다.

다른 언어에도 보석 같은 작품들이 많다. 지식인들이 이를

우리말로 번역하여 일반 대중과 공유해야 할 것이다.

『마하트마 간디의 연설문과 편지』

희생

희생은 기쁨이다.

따라서 개인의 희생을 공개적으로 자랑하는 것은 옳지 않다.

「영 인디아」, 1925년 6월 25일

희생을 슬퍼해서는 안 된다. 고통을 유발하는 이 희생은

신성한 특징을 잃고 압박감에 무너져내릴 것이다.

흔히 사람들은 해가 된다고 보이는 일을 포기한다.

포기하는 것은 즐거운 일이다.

「영 인디아」, 1926년 7월 15일

순수한 희생은 불길 속으로 무작정 달려들어 사라지는

나방과는 다르다. 희생은 내적, 외적으로 극도로 순결해야만

그 효력이 있다. 순결하지 않다면,

희생은 장점이라고는 전혀 없는 자기 파괴나 다름없다.

「하리잔」, 1946년 9월 7일

가장 용감하고 순결한 희생이 효과적이라는 희생의 법칙은

전 세계 어디에서나 똑같다.

「영 인디아」, 1930년 4월 21일

필체

필체는 예술이다.

화가가 그림을 그리듯 모든 글자를 정확하게 써야 한다.

이는 기본적인 그림 그리기를 먼저 배워야만 가능하다.

「영 인디아」, 1929년 7월 11일

행복

행복을 가장 간단하고 단순하게 정의하자면, 다른 사람의

행복을 위해 살고 다른 사람의 행복을 보는 것이다.

『마하데브 데사이의 일기』

마음의 행복과 평화는 다른 사람이 아닌

자신이 옳다고 생각하는 일을 하는 데 있다.

『바푸케 아시르바드』, 1945년 1월 31일

행복에 즐거워하면 불행이 찾아온다.

진정한 행복은 슬픔과 고통으로부터 찾아온다.

『바푸케 아시르바드』, 1945년 5월 5일

나의 일

만일 누군가를 부당하게 대우했다면 나의 창조주인 신에게

용서를 구해야 한다. 하지만 누군가를 그 이상으로 대우했다면

신께서 내게 축복을 내려주실 것이다.

「영 인디아」, 1927년 3월 10일

나는 영국의 정책과 제도를 강하게 비판함에도 불구하고

수많은 영국인이 내게 보내주는 애정에 감사한다. 그리고 현대

물질문명을 강하게 비판하면서도 유럽과 미국인 친구들로

둘러싸여 있다. 이는 모두 비폭력의 결과이다.

「영 인디아」, 1927년 3월 10일

평화주의

인간 외의 생명체가 나에게 큰 잘못을 저질렀다고 해도,

이들을 의도적으로 해할 수 없다.

「영 인디아」, 1930년 3월 12일

노력

맡은 바 의무를 다하고, 결과는 신에게 맡겨라.

신의 의지 없이는 아무 일도 일어나지 않을 것이다.

우리는 그저 노력할 뿐이다.

「하리잔」, 1947년 11월 23일

성공

인생의 성공은 그가 보여주는 관용과 성숙함으로 알 수 있다.

『바푸케 아시르바드』, 1946년 2월 2일

영웅은 실패로 만들어진다.

따라서 성공은 영광스러운 실패의 결과라고 볼 수 있다.

「영 인디아」, 1925년 1월 15일

위선

독이 든 우유를 버려야 하듯이

위선이라는 독이 들어 있는 선은 거부해야 한다.

『바푸케 아시르바드』, 1945년 6월 6일

맹세

"인생은 사라지지만, 맹세의 언약은 절대 깨지지 않을 것이다."

툴시다스

『바푸케 아시르바드』, 1945년 10월 6일

맹세와 언약은 특별한 때에만 쓰여야 한다.

쉽게 맹세하는 사람은 실수하기 마련이다.

『남아프리카의 사티아그라하』

소박함

선과 위대함은 부유함이 아닌 소박함에 있다.

『바푸케 아시르바드』, 1946년 7월 31일

소박함은 본성에 내재하여 외부의 영향을 받지 않는다.

『바푸케 아시르바드』, 1946년 4월 13일

속죄

삶 속에서 속죄해야 한다. 속죄로 얻지 못할 것은 없다.

「하리잔」, 1946년 10월 20일

노력, 즉 속죄 없이는 아무것도 이룰 수 없다.

하물며 속죄하지 않고 자기 정화가 가능할까?

『바푸케 아시르바드』, 1945년 1월 17일

계획

나는 인간의 계획이 신에 의해 혼란에 빠지는 것을 경험했다.

하지만 진리를 찾는 것이 최종 목표라면, 인간의 계획이

아무리 부족해도 해로운 문제가 생기지 않으며

예상보다 더 좋은 결과를 얻을 수도 있다.

『나의 진리 실험 이야기』

미소

다른 사람을 위해 일할 줄 아는 사람만이 웃을 수 있다.

자기의 행운을 다른 사람들과 나누는 사람은 웃을 수 있다.

「하리잔」, 1937년 2월 13일

가난

천국은 마음이 가난한 자들을 위한 곳이다.

따라서 우리는 욕심을 줄여나가

마음이 진정으로 비워질 수 있도록 노력해야 한다.

「영 인디아」, 1928년 1월 12일

기도

기도의 형식을 염려하지 마라.

어떤 형태로든 신과 대화할 수 있다.

단, 어떤 형식을 취하든 기도하는 동안에는

영혼이 정처 없이 떠돌아다녀서는 안 된다.

「영 인디아」, 1930년 1월 23일

진심으로 기도하는 사람은

이윽고 성령으로 가득 차 죄가 사해질 것이다.

『마하데브 데사이의 일기』

교회, 사찰, 모스크에 모여드는 이들은

조롱거리도 사기꾼도 아니다. 이들은 정직한 사람들이다.

이들에게 회중기도는 매일 하는 목욕처럼 꼭 필요한 것이다.

『영혼의 양식』

기도는 신을 기억하고 마음을 순결하게 하기 위한 것이다.

침묵하고 있을 때조차 기도는 올려질 수 있다.

「하리잔」, 1947년 4월 20일

가능성

가능한 일에만 집중해야 한다. 달에서 숲 속 공기를 그리워해봤

자 이는 우리 역량을 벗어나는 일이므로 아무 소용이 없다.

『간디의 건강철학』

의심

의심의 해독害毒은 논거나 설명으로 치료할 수 없다.

『남아프리카의 사티아그라하』

칭찬

최고의 칭찬은 타인의 행동 중 칭찬할 만한 것을 찾아

자신의 행동으로 받아들이는 것이다.

「하리잔」, 1927년 5월 16일

국민

국민은 뿌리이고 국가는 열매이다.

뿌리가 달면 열매도 달기 마련이다.

「영 인디아」, 1928년 2월 2일

힘

절제와 예의에 힘이 더해지면, 그 힘은 불가항력이 된다.

「영 인디아」, 1922년 1월 19일

설교

무엇을 설교하라고 말할 수는 없지만,

봉사하는 소박한 삶이 최고의 설교라는 것은 말할 수 있다.

『진리가 신이다』

편견

편견은 법으로는 없앨 수 없으며,

꾸준한 노력과 교육으로만 없앨 수 있다.

『마하트마 간디의 연설문과 편지』

자기 계발

세계 발전에 대해 생각할 시간에 자기 계발에 집중하자.

우리는 세계가 올바르게 가고 있는지 아닌지를 가려낼 수 없다.

그러나 우리가 좁지만 바른 길로 간다면

다른 사람들을 이 길로 인도할 수 있을 것이다.

『마하데브 데사이의 일기』

테러

모든 방법을 동원하여 독재와 자유를 침해하는 행위에

저항하라. 하지만 독재자의 목숨을 빼앗아서는 안 된다.

『마하트마 간디의 연설문과 편지』

교과서

교사와 학생에게는 교과서가 적을수록 더 좋다.

「하리잔」, 1939년 9월 9일

자기 인식

지식이 내면 깊이 파고들어 자신의 일부가 되면 비로소

변화할 수 있다. 단, 이때 지식은 자기 인식을 동반해야 한다.

『바푸케 아시르바드』, 1945년 6월 13일

자신을 알지 못하면 모든 것이 무용지물이다.

『바푸케 아시르바드』, 1945년 9월 3일

원칙

타협은 허용되지 않는다.

이 원칙을 지키려면 목숨을 바칠 각오를 해야 한다.

『나의 인생철학』

실천하지 않는 도덕적 원칙은 아무런 쓸모가 없다.

『윤리적 종교』

여론

여론은 사회의 중요하고 가치 있는 의견이다. 이것이 비도덕적
이지만 않다면 우리는 이 의견들을 존중할 의무가 있다.

『마하데브 데사이의 일기』

모든 악을 근절하는 데

개화된 여론이 성장하는 것만큼 좋은 방법은 없다.

「영 인디아」, 1937년 4월 28일

관용

생존이나 상호 자제, 상호 관용은 삶의 법칙이다.

이것은 내가 『코란』, 『성경』, 조로아스터교의 『경전』,

『기타』에서 배운 교훈이다.

「하리잔」, 1939년 10월 28일

모두 자신의 관점에서 보면 옳지만, 모두가 그를 수는 없다.

그래서 관용이 필요하다. (…)관용은 우리에게 남극과 북극의

거리처럼 광신과는 거리가 먼 영적 통찰력을 준다.

『예라브다 감옥에서』

진리와 비폭력

진리와 비폭력을 비교할 수는 없다. 그러나 이 둘을

굳이 비교한다면, 진리가 비폭력보다 우위에 있다고 생각한다.

거짓은 폭력과도 같다.

따라서 진리를 사랑하는 이는 곧 비폭력을 찾게 된다.

『마하데브 데사이의 일기』

진리와 비폭력의 원리에 따라 사는 사람의 사전에는

패배나 좌절 같은 단어가 없다.

「영 인디아」, 1931년 12월 31일

공직자

공직자와 공공기관은 비판에 민감하게 반응할 위치에
있지 않다. 이들은 사람들의 비판을 기꺼이 수용해야만 한다.

「영 인디아」, 1926년 5월 17일

선생

아차리아(선생)는 올바르게 행동하여
타인의 본보기가 되어야 한다.

『마하데브 데사이의 일기』

생각하는 방법을 아는 사람은 선생이 필요하지 않다.
선생은 우리를 안내할 수 있지만, 우리에게 생각하는 힘을
줄 수는 없다. 그것은 우리 안에 잠재되어 있다.
현명한 사람이 현명한 생각을 얻는 법이다.

『마하트마 간디의 연설문과 편지』

시간 엄수

시간을 지키고 계획에 따라 사는 습관을 들인다면,
국가의 효율성이 올라가고 목표를 더 빨리 달성하고
노동자들이 더욱 건강한 삶을 영위할 수 있을 것이다.

『마하트마 간디의 가르침』

처벌

언제나 확실한 판단을 내리는 사람만 벌을 줄 수 있다.

신 외에 누가 그럴 수 있겠는가?

『바푸케 아시르바드』, 1945년 10월 24일

진리 탐구

절대적 진리를 가진 사람은 아무도 없다.

이는 오직 신만의 영역이기 때문이다. 반면 우리가 잘 아는

상대적 진리는 우리가 볼 수 있는 진리만 따르게 된다.

이러한 진리 추구는 누구도 잘못된 길로 인도하지 않는다.

「하리잔」, 1946년 6월 2일

진리 탐구에 쓰이는 도구는 어려운 만큼 단순하다.

오만한 사람들에게는 이게 어렵게 보이겠지만,

순진한 아이들에게는 전혀 어렵지 않다.

『나의 진리 실험 이야기』

진리를 탐구하기 시작하면 한때 믿었던 진리가

허황된 환상에 지나지 않았음을 깨닫게 된다.

그렇게 진리가 손가락 사이로 빠져나가는 것을 알게 된다.

『마하트마 간디의 연설문과 편지』

순결

절대적으로 순결한 마음을 키우지 못하면 브라만교 경전, 산스
크리트어, 라틴어, 그리스어 등 모든 지식이 무용지물이 된다.

「영 인디아」, 1927년 9월 8일

확고한 진리와 순결을 기반으로 하지 않는 교육은 쓸모가 없다.

개인의 삶이 순결하지 않고 생각과 말, 행동이

순결하지 않으면, 아무리 훌륭한 학자라도 소용이 없다.

『실론 섬에서 간디 선생님과 함께』

아무리 작고 사소한 일이라도 정직하게 대하는 것이

순결한 삶의 비법이다.

「영 인디아」, 1925년 12월 10일

신

히말라야 산맥은 기도와 수행에 평생을 바친 현자들의 뼈로 하
얗다. 수 세기 동안 신의 비밀을 알아내고자 노력해온 사람들은

진리가 신이고, 신에게 가는 길은 비폭력이라고 말한다.

『즐거운 간디』

절도

우리는 정말 필요한 것을 제대로 인지하지 못하고
자신의 욕구를 부적절하게 키워 무의식적으로 절도범이 된다.

『예라브다 감옥에서』

도둑질을 자백한 사람은,
도둑질을 하고도 잡히지 않는 도둑은 물론
훔치려는 생각조차 안 해본 정직한 사람보다도 더 낫다.

『마하데브 데사이의 일기』

도둑질을 한 사람, 그것을 방조한 사람,
도둑질할 생각을 품은 사람까지 모두가 도둑이다.

『바푸케 아시르바드』, 1945년 9월 2일

취득

필요한 것을 취하면 이득이 되지만,
필요한 것 이상을 얻으면 짐이 될 수도 있다.
위에 지나친 부담을 주는 것은 천천히 죽음을 자초하는 것이다.

「하리잔」, 1940년 7월 13일

진실과 거짓

자기 자신에게 거짓말하는 것보다는

세상에 거짓말하는 것이 백만 배는 더 낫다.

「영 인디아」, 1922년 2월 6일

인간이 모든 진리를 알 수는 없다.

자신이 보는 만큼의 진리대로 살면서,

가장 순수한 방법, 즉 비폭력에 의지해야 한다.

『마하트마 간디는 이렇게 말했다』

재능

돈을 벌기 위한 수단으로 재능을 사용하기보다는

국가를 위해 봉사하는 데 사용하라.

「영 인디아」, 1931년 11월 5일

자존심

지식의 빛은 자존심을 밝힐 수 없다.

자존심은 악랄한 죄처럼 우리의 영혼을 해친다.

『바푸케 아시르바드』, 1946년 8월 30일

욱하는 성격

거짓말쟁이라고 불리거나 반대 의견을 듣더라도 화를 내서는
안 된다. 무슨 말을 하고 싶거든, 차분해진 상태에서 말하라.
그렇지 않으면 침묵이 최선일 수도 있다.
정말로 진실하다면, 남이 거짓말쟁이라고 부른다고 해서
내가 거짓말쟁이가 되는 것은 아니다.

『바푸케 아시르바드』, 1945년 7월 1일

슬픔과 기쁨

슬픔은 기쁨의 또 다른 일면이다.
따라서 슬픔 다음에는 반드시 기쁨이 따른다.

『바푸케 아시르바드』, 1945년 7월 27일

나나크는 "행복을 갈망하는 것은 병이며,
슬픔이나 고통이 약이 되어줄 것이다"라고 말한다.

『바푸케 아시르바드』, 1945년 8월 9일

슬픔은 웃음으로 씻어낼 수 있다. 눈물은 슬픔을 더할 뿐이다.

『바푸케 아시르바드』, 1946년 4월 1일

사원

사원, 모스크, 교회…. 나는 신을 모시는 집을

서로 구별하지 않는다. 이 모두는 믿음 위에 세워졌으며

보이지 않는 존재에 닿으려는 인간의 갈망에 대한 답이다.

「하리잔」, 1933년 3월 18일

사원은 우리 마음에 있다.

돌로 만든 사원은 아무 의미가 없으며,

우리 마음속에 세워진 사원만이 진정한 의미가 있다.

『아시람 자매에게』

우리의 사원은 보여주기 위한 것이 아니라

경건한 분위기를 나타내는 겸손함과 소박함의 표현이다.

『마하트마 간디의 가르침』

고대 사원 전통

고대의 것이라고 무조건 좋다고 생각하지는 않는다.

고대 전통에 의해 신이 주신 이성적 판단 능력을 버리라고

주장하는 것은 아니다. 하지만 고대 전통이 도덕적이지 않다면

이 땅에서 반드시 추방돼야 한다.

「영·인디아」, 1927년 9월 22일

고통

고통의 법칙은 우리에게 반드시 필요하고,

여기에서 벗어날 수는 없다. 성장은 고통의 양과

비례한다. 고통이 순수할수록 더 크게 성장할 수 있다.

「영 인디아」, 1920년 8월 11일

개인의 역량에는 한계가 있다. 모든 일을 할 수 있다고

자만하는 순간, 신은 우리를 겸손하게 만든다.

『초아의 봉사』

자발적인 고통은 악습과 불평등을 없애는

가장 빠르고 좋은 해결책이다.

「영 인디아」, 1921년 12월 29일

고통을 곱씹거나 과장하거나 자랑하는 것은 옳지 않다.

진정한 고통은 그 자체를 알 수 없고 그 양을 측정할 수도 없다.

고통은 다른 모든 기쁨을 능가하는 그 자체의 기쁨이 있다.

「영 인디아」, 1931년 3월 19일

죽음과 고통을 삶보다 귀하게 여기고,

그 깨끗하고 순결한 특성을 인정해야 한다.

「영 인디아」, 1930년 3월 12일

유혹

투지와 확고한 믿음, 유혹에 굴하지 않는 기개가 필요하다.

「하리잔」, 1933년 4월 1일

자기 존중

자기 존중과 영혼의 존엄성은 사람마다 다르게 해석된다.

자기 존중은 종종 잘못 해석되기도 한다. 지나치게 예민한

사람들은 거의 모든 일을 경시하거나 상처를 받을 수 있다.

이들은 자기 존중의 진정한 의미를 이해하지 못한다.

「하리잔」, 1940년 8월 18일

독선

많은 사람이 자신만 옳고 다른 사람들은 틀렸다고 생각한다.

그리고 자신의 생각을 타인에게 강요할 수 없다는 생각은

하지 않는다. 이런 잘못은 바로잡아야 한다.

만일 우리가 옳다면 무한한 인내심을 가지고 기다려야 한다.

「하리잔」, 1946년 4월 28일

사원 예배

사원 예배는 인간의 영적 욕구를 충족시킨다. 개선의 여지가

있긴 하지만 인간이 살아 있는 한 사원 예배는 계속될 것이다.

「하리잔」, 1933년 3월 18일

악한 생각

악한 생각도 질병의 징후이다.

따라서 악한 생각에 빠지지 않도록 조심해야 한다.

『바푸케 아시르바드』, 1944년 12월 27일

악한 생각은 자꾸 곱씹는다고 없어지지 않으며,

오히려 우리의 동행이 될 수도 있다.

『바푸케 아시르바드』, 1946년 9월 30일

악한 생각과 성향에 사자처럼 맞서 싸워라. 싸우는 것은

우리의 의무이지만, 승리는 신의 손에 달려 있다.

우리는 그저 최선을 다한 것에 만족해야 한다.

『마하데브 데사이의 일기』

특권

특권은 의무를 모두 이행하는 데서 온다.

「하리잔」, 1933년 2월 11일

자기 다스리기

자기 자신을 다스리지 못하는 사람은

다른 사람도 제대로 다스릴 수 없다.

『바푸케 아시르바드』, 1945년 1월 28일

성장

사람들은 목표를 완전히 달성할 수 없다고 생각하면

아예 시작하기를 주저한다.

실제로 이러한 마음이 성장을 가로막는 것이다.

「하리잔」, 1940년 8월 25일

성장은 고통의 양과 비례한다.

고통이 순수할수록 더 크게 성장할 수 있다.

「영 인디아」, 1920년 6월 16일

성장하기 위해서는 일반적인 경험의 한계를 뛰어넘어야 한다.

위대한 발견은 일반적인 경험과 믿음에 도전했을 때

비로소 이뤄지는 것이다.

『나의 인생철학』

고독

자발적으로 고독을 찾은 사람만이 고독의 진정한 매력을 안다.

『바푸케 아시르바드』, 1945년 7월 9일

진실을 말하기

진실한 사람은 어떤 상황에서라도 진실만을 말하고 실천한다.

『마하데브 데사이의 일기』

진실을 말하는 것이 무엇인지 모르는 사람은

위조 동전만큼이나 가치가 없다.

「영 인디아」, 1920년 4월 28일

에필로그

한 국회의원이 성자 라마나 마하리쉬(1879~1950)에게 물었다.
"(…) 마하트마 간디가 살아 있는 동안 인도가 독립할 수 있을까요?"

라마나 마하리쉬는 이렇게 대답했다.
"간디 선생은 아무런 사심 없이 자신을 바쳐왔습니다. 결과에 연연하지 않고 있는 그대로를 받아들입니다(…).
나라를 위해 일할 때는 간디 선생을 모범으로 삼으세요. '자신을 버리는 것'이 가장 중요합니다."

1938년 9월 28일

(『라마나 마하리쉬와의 대담』)

감사의 글

마하트마 간디 전집을 발간한 뉴델리 인도 정부 출판부에 깊은 감사의 마음을 전한다. 간디의 서신과 연설문, 기고문 등을 묶어 놓은 98권 분량의 『간디 전집』이 없었다면 이번 작품은 완성할 수 없었을 것이다. 편집을 도와준 앨리슨 볼러스에도 감사하다.

참고문헌

간디가 운영한 신문
「영 인디아Young India」1919~1932
「하리잔Harijan」1933~1948
「나바지반Navajivan」1919~1931

그 외 신문
「마드라스Madras Times」1835~1921
「더 힌두The Hindu」1878~

간디의 자서전
『나의 진리 실험 이야기An autobiography or The Story of My Experiments with Truth』1990
『남아프리카의 사티아그라하Satyagraha in South Africa』1972

간디의 저서
『바푸케 아시르바드Bapu-Ke-Ashirvad』1968
『간디의 건강철학The Health Guide』1921
『힌두 스와라지Hind Swaraj』1984
『윤리적 종교Ethical Religion』1968
『예라브다 감옥에서Yeravda Mandir』1932
『사랑하는 자녀에게My Dear Child』1956
『자제와 방종Self-restraint V. Self Indulgence』1947
『마하트마 간디의 연설문과 편지Mahatma Gandhi: His Life, Writings & Speeches』1921
『아시람 자매에게To Ashram Sisters』1952
『나의 인생철학My Philosophy of Life』1961
『초아의 봉사Service Before Self』1971

『아시람 실천 계율*Ashram Observances in Action*』 1955

『여성의 역할*The Role of Women*』 1964

『영혼의 양식*Food for the Soul*』 1962

『진리가 신이다*Truth is God*』 1955

『마하트마 간디의 말씀*Mahatma Gandhiji's Saying*』 (Peter H. Burgess와 공저) 1984

『마하트마 간디의 가르침*Teachings of Mahatma Gandhi*』 (Edited by Jag Parvesh) 1945

『진리와 선을 추구하는 사티아그라하*The Science of Satyagraha*』 (Edited by Anand T. Hingorani) 1962

『마하트마 간디는 이렇게 말했다*Thus Spoke Mahatma Gandhi*』 (Edited by Ramesh Bhardwaj) 2006

『마하트마 간디의 기지와 지혜*The Wit and Wisdom of Mahatma Gandhi*』 (Edited by Homer A. Jack) 1951

간디에 관한 도서

『간디의 담화*Conversations of Gandhiji*』, Chandrashanker Shukla 1949

『간디와의 나날*Day-To-Day with Gandhi*』, Mahadev Desai 1968

『마하데브 데사이의 일기*The Diary of Mahadev Desai*』, Mahadev Desai 1953

『마하트마 간디의 생애*The Life of Mahatma Gandhi*』, Louis Fischer 1983

『서사시적 단식*The Epic Fast*』, Pyarelal 1932

『마하트마*Mahatma*』, D.G. Tendulkar 1969

『실론 섬에서 간디 선생님과 함께*With Gandhiji in Ceylon*』, Mahadev Desai 1928

『즐거운 간디*Entertaining Gandhi*』, Muriel Lester 1932

간디 전집

『마하트마 간디 전집*The Collected Works of Mahatma Gandhi*』 1956~1994